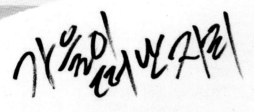

가을이 머무는 자리

소중한 분께
제 첫 시집을 드립니다.

2018년 봄비 오는 날

박차숙

도서출판 곰단지

시인의 말

계절은 오는가 하면 떠나듯이
만남도 이별을 전제하나보다.
나에겐 고향이 두 곳
태어나 자란 유년의 아름다운 추억이 머무르는 곳
결혼으로 인한 성숙된 여자로 낯선 가풍과 생활습관이
다른 삶의 흔적을 더듬는 시집살이다.
그 두 곳을 오가며 내 인생은 방황의 갈등에 얽매였다.
시어머니의 삶은 눈물겨운 드라마 한편의 주제처럼
고달픈 삶, 그분을 닮고 싶지 않아 벗어나야 하는
갈등을 겪어야 했던, 시절을 돌아보며
은연중 비교의식이 잠재되었다.
소녀시절 읽은 책들이 어설픈 감정을
낙서로 마음을 표현하는 계기되어 남편과 사별이후
걷잡을 수 없는 슬픔과 외로움은 마침내
이순(理順)을 넘어 한권의 책으로 세상에 발을 내딛는다.
이 현실이 믿기지 않지만
부족함이 많은 시집을 출간하면서 여러 날을 고심했다.
삶의 흔적과 그리움이 묻어있는 저만의 세계를
한 권의 책으로 다듬었다.

2018년 사월 박치숙

1부 마른나무 새순처럼

2부 가을이 떠난 자리

4부 살아있어 꿈을 꾼다

1부 마른나무 새순처럼

마른 가지 봄이 오면 새순 돋아
가지 뻗어 열매 거두듯
청춘보다 더 값진 새 생명 위해

봄맞이 가는 날

겨울의 잔상이 복병으로 덫을 치는
섬진강은 잠에서 깨어나지 못한 듯
물새 한 마리 세월을 낚아채고 있다.

두터운 외투를 벗어던지고
가벼운 차림으로 서 있는 나목에
젖줄처럼 파란 핏줄이 스멀스멀 스며든다.

푸석푸석한 건초 속에 잠자는 봄은
보슬비 자박거리는 소리에
실 눈뜨고 기지개켜며 바스락바스락

물안개 자욱한 강물 따라
봄을 나르는 나룻배
여기저기 팝콘처럼 다투어 핀 매화

어머니의 기도

늦둥이 딸자식 시집살이
근심걱정으로 지새운 밤을
자식은 모른답니다.

기다림에 지친 한숨
바람에 띄우고
기약 없는 기다림은
조바심을 부추깁니다.

장날마다 소금에 절인
가자미며 조기는 아까워 먹지 않고
바람에 말려두신 엄마

시집살이 염려되어
정화수 정성에 고인 마음
이제 저도 할머니가 되었습니다.

무명저고리 치마에 비녀 꽂은
도도하고 고상하신 그 모습
그리워 남겨주신 염주 알만 굴립니다.

전원(田園) 생활

간밤에 내린 꿀 비
단잠 깨우더니
경운기 소리 요란하다.

탁 배기 한 사발에
농부의 구성진 노랫가락은
송아지도 장단 맞춘다.

무거운 세상 이야기
도심에 두고
청아한 훈풍 나부끼며
호미와 삽을 벗으로 삼아
텃밭을 가꾼다.

강남 갔다 돌아온 제비
박씨 하나 텃밭에 심어놓고
처마 밑 둥지에 새끼치더니
온 종일 먹이 찾아 헤멘다.

오뉴월 달군 햇살에
보리는 알알이 여물어 거두니
빨간 지붕 위 노을빛마저 수확인가.

여고동창 만나는 날

오월 훈풍 가슴 떨게 하더니
화려한 장미꽃 향기 밤잠을 보채고
만남이란 즐거움에 만감이 차오른다.

솔방울 굴러가듯
까르르 웃음 나눈 유년 시절
수다는 어디 가고
검버섯 십자 주름만 얼룩으로 남았다.

잊고 살아온 여고 시절을
자명 시계 탭 풀듯 풀어놓고
스케치하듯 하나 하나 허공에 그려본다.

단아한 차림으로 갈까,
중후한 차림으로 갈까,
마음은 바쁘고 초침은 다그치기만 한다.

봄 따라 간 고향

셋 비탈 산 아래
돌다리 둘러앉은 웃음소리
울 엄마 빨래터 자갈만 쌓여
빈 방망이 소리 귓전에 맴돈다.

뒷동산 능선 따라 핀 참꽃
산마루 둘러앉아
화폭에 담은 동해바다 풍경
옛 모습 간곳없는 산허리에
아스팔트 곱게 깔려
자동차가 쌩쌩 달린다.

오백년 전설의 당사나무 허리에
새끼줄 엮어 지성으로 빌고 빈
소원만이 바람에 나부끼고 있다.

옛 기억들 머문 그곳에
찾지 못한 보물을 찾듯
돌아보고 또 보며 골목골목을 누빈다.

자식사랑

어둠 속 바람 문틈에 앉을까
털고 또 털어 방문을 걸어두고
안개비 내릴까 조바심 일구었다.

얼굴 한번보고 갈 것을 바쁜 생활
틈내어 다녀가는 고마움이
진수성찬보다 더 배부르다.

자식이란 늘 강가에 앉혀놓은 듯
한시도 마음을 놓을 수 없는 존재
무사무고 무병무탈이 소원이다.

주어진 삶을 최선의 노력과
건강한 몸 건전한 정신으로
살아주기를 간절한 바램이다.

간간이 안부전화를
잊지 않는 그런 여유가
있다면 더 무엇을 바랄까.

산골에 봄이 오면

음지에 주저앉은 찬바람
일어설 줄 모른다.

길섶에 앉아 바라본 고향 들녘
물결 나부끼듯 출렁거리며
종달새 누비는 이랑 저편

찔레꽃 향 코끝에 스며드니
농노길 걸어오시는 시부님
헛기침이 들려온다.

하늘에 별이 된지 수십 년
까맣게 잊고 살아온 세월
잘사는 것이 어떤 기준도 없는데

아등바등 살아온 만큼 자리 잡은
자식의 안부를 바람에 띄운다.

봄볕 아래서

간밤에 내린 보슬비
새벽 여운 쓸어안고 떠나더니
산허리 맴돌던 운무마저 승천한다.

잔잔한 물결 위에 봄빛이 나부끼면
잠자던 갈대도 술렁이며
서걱서걱 깨어난다.

겨울잠 개구리 기지개 켜고
사박사박 웅덩이 한편에 품은 알
움찔 움찔 거린다.

해마다 이맘때면 여행이란 꿈이
질병처럼 마음을 헤집어
변명 아닌 이유로 내년을 약속한다.

햇볕이 내려앉은 강변을 산책하며
아직 이루지 못한 꿈을 꺼내어
따스한 봄볕에 풀어놓고 만지작거린다.

겨울잔상 떠나던 날

밤새 비바람 몸부림치더니
새벽녘 살얼음 챙겨 떠나려
시름 하였나.

물 머금은 대지엔
초록빛 피어나고
나뭇가지 내려앉은 까치는
봄노래 부른다.

청매, 홍매화 다투어 피어나니
바바리 깃 세우는 청춘들 따라
비둘기도 함께 날아간다.

경기불황에 얼어 버린
민초의 마음도
따뜻한 봄을 기다린다.

해동의 어느 날

실개천 버드나무 가지마다
몽실몽실 하얀 솜털 돋아
연초록 잎 곱게 단장하고 있다.

얼었던 마음 내려놓고
돌 틈 사이 숨어 개골개골
봄 소식 들려온다.

바람비 걷히고
개울물 소리 운율 타며
잠에서 깨어난 쑥부쟁이
해맑은 미소로 반긴다.

꽁꽁 얼은 민심도
퍽퍽한 삶도, 봄이 오면
우리 내일을 위하여
사랑하는 세상을 꿈꾼다.

소꿉놀이 친구

처마 밑 떨어지는 낙숫물
고향집 섬돌에 빨래터 만들고
친구랑 소꿉놀이 그 시절

밤마다 쌓아둔 귀신 이야기에
오금이 저려 방문도 걸어 잠근
질퍽한 옛 추억 늘어놓았다.

매월 어김없이 찾아오는 보름
둥근 달빛에 깡통 던지기
술래잡기 그 시절 그 추억이 그립다.

집집마다 하나 자식 훌륭하게
키운다는 부모의 소원대로
방과 후 학원 차에 시달리는 아이들

대화는 없어지고 오락과 게임으로
마음을 달래는 가엾는 아이들
정(情)이 없는 사랑을 그들은 눈으로 배운다.

고향역

칙 ~푹 칙칙폭폭 정거장에
책가방 걸머쥔 통학 길은
새벽 열차에 선잠 태우고 달린다.

기적소리 그 여운을
금테 두른 역장의 모자에 씌우고
레일 따라 굴러간다.

만남과 이별이 수없이 반복되는
정거장에 언제나 철따라 핀 꽃은
그들을 배웅한다.

자식 유학길 보내는 부모의 희망도
군 입대 하는 아들과 이별도
시집 장가가는 자식들 모두

전설 같은 이야기 찾을 수 없는
타향 같은 그곳은 낯 설은 고향
재개발 재건축이 바람처럼 떠돈다.

시래기에 담긴 추억

흙 담 모퉁이
얌전히 엮어낸 시래기
줄줄이 벽걸이로
하루해 저문다.

마른멸치 국물 내고
된장 풀어 조물조물
자작자작 보글보글 끓인
시래기찌개 엄마의 손맛

수염 제치고 마시는
막걸리 한 사발에
아버지의 질퍽한 삶이
머무른다.

그 무서운 보릿고개
시래기 죽 허기 채운 시절
때때로 들추며 시래기 된장국에
담긴 그 시절 퍼 올리던 아버지

기일

누가 무슨 말을 했기에
한낮의 온기 삭히고
어둠 따라온 바람
서슬 시퍼렇게 달려온다.

엄동설한 대한도 아닌데
치맛자락 걸머쥐고 달라붙는 바람
너 맘 내 알 바 아니지만
부디 참아다오.

북망산 먼 길 한 끼 채우는
기다림 잡지 말라
그래 봐야 고작 일 년에 한번

설한의 눈바람 걷어내
봄바람타고 오듯 하소서
보름 달 불 밝혀
사대장군 호위 받아 오시는
그대 마중가리다.

엇갈린 길동무

매미 소리 정겨운 숲에
더위를 내려놓고
구름 한 자락 잡아본다

고추잠자리 비행하며
살살이 꽃잎에 앉을 듯 말 듯
메밀꽃을 맴돌며 던지는 추파

산 그림자 내려앉은 자리에
짙어지는 이별의 아픔은
사무친 그리움으로 차오른다.

함께 걸어갈 그 길을
서둘러 혼자 떠난 그 무심함을
애서 다독이며 차린 겸상

생전에 즐겨 먹는 겉절이 비빔밥
먹은 듯 만 듯 헛배만 차오르는데
빈 마당에 헛기침만 맴돈다.

24

동짓날 기도

엉성한 백발 이고 투박한 두 손으로
촛불 켜고 향 사르며
전생의 업장 소멸 빌고 빈다.

잡귀 물리치려 기도하는 노 보살
부처님 전에 머리 조아리고
자자손손 복 달라 백팔염주 굴리며

삶에 누더기 법당에 걸어두고
동지섣달 붉은 기운 살려
나쁜 액운 몰아 걷어낸다

새 기운 뻗친 일 년 신수
노스님 낭랑한 염불소리에
훠이훠이 악귀를 물리치니

밤새 끓인 팥죽 한 그릇
악귀 잡듯 후딱 해치운 노 보살
입가에 걸린 미소 굽은 허리 폈다.

마른나무 새순처럼

볼 수도 만질 수도 없는 세월
허겁지겁 따라왔더니
황무지 같은 허허로움

청춘은 간 곳 없고
뼛골에 바람만 들쑥날쑥
이래저래 속고 또 속는다.

길지않은 인생길에 잘한 것이 있다면
사랑으로 키워 온 나의 분신
그들이 안겨준 소중하고
빛나는 선물
마른가지에 새순 돋아나듯

이제 더는 욕심을 채우지 말자
비우고 비우란 부처님의 가르침
실천하며 줄 수 있는 것 배풀며 살자

늦가을 비 내리는 보리밭

알곡 떠나보낸 볏단
겨울비 만나 몸져누운 자리
흥건히 젖어 떨고 있다

비탈진 언덕에 핀
억새꽃이 고독에 몸부림 치는데
까치밥 하나둘 새들이 쪼아 먹는다

추적추적 내리는 보슬비에
매일 한치씩 자라는 새파란 보리 순
하늘거리며 춤을 춘다.

흑 한에 뿌리내려
밟으면 밟을수록 강해지는
생명의 집착

명지바람 불어 잔설 걷어내며
까투리도 청개구리도 제 집처럼
숨어들겠지

27

들국화

폭염에 갈증도 참아
녹색 잎 햇살에 달구더니

가을바람 타고 노란 꽃물
전신에 덧칠하였나.

척박한 땅에 너의 강인함은
향기 짙은 꽃을 피웠구나.

비탈진 야산에 무리 지어
해맑은 미소와 그윽한 향

벌과 나비 날개 돋우고
바쁘게 꿀 따는 초가을의 풍경

대자연에 순종하며 피어나는
너희를 누가 감히 탐 하리

가을은

청승맞은 귀뚜라미의 노래에
하늘을 배회하는 달빛
9월은 깊어만 간다.

해마다 이맘때면
시시때때로 찾아오는
외로움에 몸부림친다.

혼자라는 현실이
익숙하지 못한 것은 아닌데
계절의 끝자락에 차오르는
그 쓸쓸함은 떠날 줄 모른다.

끈적끈적한 그리움이 온몸을 휘감으며
지나가는 발걸음도 반갑다
노란 은행잎이 하나 둘 떨어지는 가을

텃밭의 하루

날개도 없는 하얀 구름은
해님을 따라 훨훨 날아가는데
노래 부르는 매미는 지칠 줄 모른다.

고추밭 이랑에 숨은 잡초는
미운자식 자라듯 매일 한 치 식 자라
뽑고 뽑아도 끝이 없다.

맺힌 땀방울 솔솔 바람에 씻어내고
붉은 고추 하나하나 따는
즐거움은 해지는 줄 모른다.

고추밭 넘보는 호박넝쿨에 애호박
한 덩이 따다 듬성듬성 썰어
조갯살 넣고 달달 복아

찐 호박잎은 빡빡 된장을 올리고
젓갈에 버무린 전구지 생채와 부침은
소주 한 잔에 정승도 부럽지 않다.

산사의 하루

연녹색 펼쳐진 야산 빗 탈길
아카시아 꽃잎 주렁주렁
향긋한 향기 바람 타고
코끝에 사르르 스며든다.

보슬비 내리는 산사에 차가운 냉기도
관세음보살의 은은한 미소에
만감이 교차한다.

수양버들 나무 아래
돌 틈 새 이름 없는 풀꽃도
참회기도에 비 오는 줄 모른다.

백팔염주 받들고
수능시험 백일기도 하는
자식사랑 두 손 모아 빌고 빈다.

앞마당 우뚝 선 탑 아래 합장하며
무엇을 소원할까
바람 타는 풍경소리 귓전에 맴돈다.

행복한 엄마

이른 아침 하얀 햇살이
창가에 모이면
발그레 예쁜 미소로 아장아장 걸어
할머니 부르며 품에 안긴 손녀

강보에 싸여 옹알이로 효도하더니
어느새 가족이 생겨
이별의 슬픔을 잊게 하는
너의 선물에 시름을 내려놓았다.

재물이 산더미인들 이보다 좋을까
늘 웃음과 희망을 안겨주는
너희가 있어 한없이 행복하다.

사랑은 내리사랑이라 눈에 넣어도
아프지 않는 너희가 있어
나 이렇게 살아있음이 행복이란다.

개울 물 풍경

솜털 같은 뿌연 운무가
이슬로 사라지며
어제의 혼탁함을 씻은 듯
맑고 청아하다

흐르는 물줄기 한 움큼 걷어쥐니
차가운 냉기가 손가락 마디마다
쑤시듯 저려온다

발등 위를 묘기 부리듯 요리조리
송사리 떼 숨어드는 개울에
새 한 마리 잽싸게 낚아채며 달아난다.

쉬지 않고 흐르는 물살 따라
꿈을 실은 종이배 한 척 넓은 세상 찾아
달리고 달린다.

어머니

진자리 마른자리 가리지 않고
두 무릎 나란히 앉아 간절히 소망
빌어주시던 어머니

잔주름 드리워진 얼굴
팔순에 핀 저승꽃에
청춘아 내 청춘아 하시던 노래가
귓전에 맴돕니다.

사랑한다는 말보다 몸소 실행하신
그 사랑 먹고 자랐지만
늘 허기진 투정도 마다 아니하시고

언제나 근심 걱정으로 지켜봐주신
그 마음을 때늦은 후회
이제야 철들었습니다.

당신의 그 고요한
성품과 헌신으로 거둔 이 불효자는
빛바랜 사진 한 장 가슴에 품어봅니다.

불효

눈발이 거세어 지척을 분간 못한
위 지방의 소식에
홀로 계신 어머니의 안부가 궁금하여
전화만 수차례

하루 두 끼는 노인정에서 드신다는 말씀
노인정에 전화 드리려다 그만두었다
안부가 궁금할 때면
죄책감이 마음을 헤집는다.

당신의 거동이 불편해도
혼자 살아가는 며느리의 고충을 알기에
바람 다 막아주신 사랑
남편 앞세운 며느리의 슬픔을
어루만지시는 그 따뜻한 손길이 유난히 그립다.

창틀 사이로 스며들어오는 칼바람 소리
주적주적 내리는 비바람에 만감이 교차하며
혼자라는 이유로 어머님께 내가 죄인이다.

오월의 향기

바람 따라 출렁이는 초록 물결
비탈진 언덕에 청치마 두르고
하얀 덧니 드러내고 함박웃음 짓는다.

산책로 줄지어 손님 맞는 봄 처녀
온 몸에 호위병 가시로 둘러치고
꽃술에 채워진 향기 휘휘 뿌리며

아카시아 잎 잎에 숨어드는 벌들이
횡 횡 나르다가 꽃술에 취해 흥겹게
춤을 춘다.

화전놀이에 초대받은 꽃들이
자태를 뽐내며 보리밭을 맴도는 훈풍은
찔레꽃을 만지작거리며 놀고 있다.

고향의 봄

봄소식 그리워
수십 리길 찾아온 고향
물기조차 말라버린 냇가에
어느새 봄빛이 푸르다

겨울 잔상 떠나니
잠에서 깨어난 마른나무에 수액이 돌며
건초들 속 비집고 속살 채운 쑥
어제 오늘이 다르다

이월 꽃바람 타고 온
할미꽃의 전설도 언덕에 머물고
산정에 핀 참꽃은 단맛에 젖었다.

신도시로 변해버린 고향에
이정표처럼 아련한 추억을 품은
학교와 정거장은 부모님처럼 반긴다 .

산모퉁이 돌아가는 완행열차의
꼬리에 그리움을 띄우며
돌아보고 또 돌아보았다 .

하동 매화

푸른빛이 섬진강을 향해 걸어며
수십대의 관광차가
매화 밭을 애워 싸고 있다.

그렇게 나대든 찬바람도
봄빛에 잠이 들고 꽃바람은
요술부리듯 잠자는 요정을 깨운다 .

이야기가 많은 하동에 매화꽃은
어떤 사연이 있어 은은한 향기로
유혹하는지 생각 할수록 비밀스럽다

최 참판 댁 아씨의 가슴 아린 사랑
아니며 일제의 탄압에 잃어버린
청춘이 서려있는지

곳곳에 숨은 살얼음 녹아 흐르는
산자락에 노란 산수화에 비친
그녀의 혼을 보았다

이런 저런 사연 다 품어 안고
유유히 흐르는 물길따라
나룻배 한 척이 봄소식 나른다.

2부 가을이 떠난 자리

겨울가고 새봄이 오면
어떤 인연으로 다시 만날까
키 작은 바위 아래 이름을 새겨둔다.

아이리스

춘삼월 기다림 애태우더니
긴 시간 품은 속내 첫사랑 고백하듯
한 겹 한 겹 수줍게 피었구나.

좋은 소식을 전해주는 꽃의 신
도도한 품위에 정절을 지키는 너
향이 없어도 나비가 날아든다는 요정

전설을 안고 피어난 너를 닮고 싶어
날마다 기도한다.
억만금 윤회를 하여 환생을 한다기에

고고한 너의 자태 닮고싶어
오늘 밤 마술 부려 요정이 되어
너와 함께 하리라.

보슬비 맞으며

빗줄기 살금살금
산행의 발걸음 무겁기만 해
어르고 달래며 걸음을 재촉한다

갈바람 옷깃에 스며들어
빈 농지를 떠날 채비하는 허수아비
그를 위해 구절초와 들국화는
이별 노래 부른다.

은빛 고운 억새 춤사위에
살며시 내려앉은 이름모를 새
나뭇잎 하나 우산으로 받치고 있다.

발목에 휘감기는 빗줄기 걷어차며
하산하는 오솔길에 뿌린 정겨운
이야기는 단풍으로 물들겠지

수련화

어둠이 스며들며 하품하더니
초저녁부터 꽃잎 덮고
꿈속을 여행하구나

게으른 일꾼보다 더 일찍 일어나
아침을 열어놓고 연신 품어내며
아리아리한 향으로 유혹한다

햇살이 창가에 서성이며
세 살 박이 재롱 보는 느낌 받으며
한없이 사랑하고 싶은 행복이다

고인 물에 동동 떠있는 생명력은
줄기마다 새 순이 돋아
창가엔 그들의 집을 짓는다.

말없이 떠난 여름

바람이 보채고 있다
이불 속의 게으름이 부스스 눈을 뜨면
벽걸이 시계추는 부지런히 걸어간다.

정오의 울림에 문득 떠나지
못한 여름을 만나러
해운대 앞바다 백사장을 찾았다.

그 뜨겁던 열기 모래 위에 몸 져 눕고
인적이 그리운 갈매기는 끼룩끼룩
모래에 부리를 묻고 외로움을 토한다.

비취파라솔 자리엔 머물다간 발자국이
어지럽게 늘려있는데 허물어진 모래성에
파도에 밀려온 게들이 숨어들었다.

때늦은 여름을 찾은 이방인은
새우깡 한 봉지 휘이 휘이 뿌리며
텅 빈 해변에 주저앉아 잃어버린 꿈을 찾는다.

43

가을단상

여름 내내 묵은 때를 씻어
빨랫줄에 걸어두고
바람을 불러 마당 가득 채웠다.

옹기종기 모여 앉아 더위를 쫓던
느티나무 아래 붉은 대추
말랑말랑 단물 절인다.

코스모스와 억새가 어우러진
강변 습지에 고추잠자리
꽃술에 취해 졸고 있다.

이름도 없는 풀꽃들이 다투어 핀 산책길
물속에 뿌리 내린 갈대숲에 숨어들은
가을은 바람을 부른다.

악연도 인연이라

풋김치 넣고 비빈 비빔밥은
누워있는 마음을 일깨워
살아야 하는 강인함을 부채질한다.

인고의 갈등에 쌓이는 미움
부질없는 상념의 끝은 어디인지
끝없는 사막에 홀로 서있다.

얼룩진 하늘을 지우개로 지우듯
파란 물감으로 덧칠을 하며
그리움이 시시때때로 요동을 친다.

고랑마다 진을 치는 잡초의 생명력처럼
질척이는 인고의 갈등도 고뇌도
주어진 운명이라고 다그친다.

비온 뒤 무지개 핀다는 말처럼
그날을 화상하며 그 또한 그리움
잠시 멈추어 걸어온 길 뒤돌아본다.

다슬기 탕

강 언저리에 키를 재듯 늘어선
가지에 시선을 올려놓고
허허로움 달래며 회상에 젖는다.

물소리 새소리 바람소리가
어우러진 이곳에
거두지 못한 추억이 피어있다.

칠흑 같은 어두운 물속을 헤집다가
손전등에 놀라 기절한 다슬기 잡아
된장 풀어 끓인 그 맛을 잊을 수 없다

철철 흐르는 물도 흔하디흔한 물고기
이제 찾아볼 수 없는 금강 상류에
자갈 밭 헤집고 자란 잡초만 무성하다.

선물

봄빛 여울지는 강물에
낙조 숨어든다.

횡 하니 떠도는 낮달을 보며
미루나무 아래 앉아 미래의
꿈을 나누던 그 시간들

배꽃이 만발한 어느 날 태동은
산통이었고 출산의 고통 후에
단 하나뿐인 선물을 받았다.

세상이 다 내 것이고
보이는 것은 다 아름다웠고
진정한 행복을 그때 알았다.

눈을 감아도 눈을 떠도 언제나
생글생글 웃는 그 모습
보고 돌아서면 또 보고픈 내 아들

시월의 마지막 밤

스산한 바람 따라 온 낙엽
사그락 스삭 구르는 저 소리
명주 실 감기듯 휘휘 감겨오는 외로움

마당 구석구석을 설거지하듯
바람 따라 돌돌 굴러 안달하며
여기 저기 헤매며 쉴 곳을 찾는다.

시월은 낭만에 취하고 술에 취해
하얗게 밤을 지새운 청춘의
빈 가슴을 헤집는다.

내 안에 잠자는 사연을 꺼내놓고
쓰다 지우고 또 쓰고 쓴
한 편의 시를 읽고 또 읽는다.

지워지지 않는 상처

구석구석 헤집고 설치며
쏟아내는 유언비어 바람 타며
흥에 겨워 골목을 누빈다.

남의 말 삼년이라지만
허황된 추측으로 역은 거짓이
비수가 되어 피멍으로 남는다.

곪은 상처는 새살로 채워지는데
부풀린 거짓은 전염병처럼 나돌아
소중한 한 인생을 진흙탕 속에 묻었다.

나비처럼 나도는 거짓은 진실을
왜곡할 수 없다는 사실
꺾어지지 않는 대나무처럼 의연 하리

가을이 떠난 자리

사부작사부작 산책길 따라
느린 걸음 다잡으며
만산홍엽 그 화려한 흔적을 찾는다.

벌거벗은 잡목아래
낙엽은 부둥켜안고 외로움을 달래며
바스락 바스락 신음을 토한다.

배낭 속 김밥과 커피 내려놓고
씁쓸한 마음을 그들과 함께 주고받으며
따끈한 커피 한 잔 나눈다.

인적이 떠난 자리에 바람이 제 집
드나들 듯 윙윙 다그치지만
부둥켜안은 낙엽은 깊은 잠에 들었다.

겨울가고 새봄이 오면
어떤 인연으로 다시 만날까
키 작은 바위 아래 이름을 새겨둔다.

천륜

따끈한 쑥 차 한잔 들고
창가에 서니
어둑어둑 어둠 기어오르고
창공에 초승달 지붕 위 배회한다.

어미 고양이 새끼 찾느라
야옹 울부짖는 소리
애잔함 가슴 저민다

미물도 혈육의 정 알건만
자식 버린 어미
아귀 늪인들 마다할까

열 달 품어 낳은 자식 제 목숨보다
더 소중한줄 몰랐을까
헌신짝 버리듯 버린 그 업보의 시련

제 새끼 찾는 울부짖음은 어둠을 누비고
밤은 깊어 찬바람 사이사이
애타는 어미의 애절함 메아리로 남았다.

51

사랑과 이별

파도는
바위와 사랑을 언약하고
구름은
바람과 우정을 나누니
별은 달님에게
그립다 투정 부린다.

사랑한다는 말
심중에 묻어두고
돌아온 길 내내
왜 그랬을까 후회만 남았다.

양지에 햇살이 모여 앉는다.
한아름 흩뿌리며
새순 움트고 꽃이 피겠지

또다시 만날 그날까지
그리움 만지작거리며 있을 때
잘하란 말을 씹고 또 씹는다.

하얀 연서

서산마루에 노을빛은
묻어두고 싶은 그리움을
다시 불러 세운다.

우는지 웃는지 모를 묘한
표정도 예전에 그 모습
세월이 가도 그는 늙지 않는다.

꽁꽁 얼었던 두 손
입김으로 녹여주든 그의 멋쩍은
미소도 아직 그대로일까

시시때때로 내안에 숨어있는
그를 이제는 잊자 떠난 인연
다시는 만날 수 없는 우리

한해를 보내며 남긴 그의
해묵은 연서 하나
지키지 못할 약속이었다.

그 아름다운 사랑

그때 그랬지 조건도 이유도 없는
톡 하고 터질 것 같은
이별과 슬픔이 존재하지 않는 사랑

이불 속 온기처럼 다가온 당신
바라만 봐도 전율이 흐르는 짜릿함
그 촉감에 겨울밤 지새웠다

우수경칩 지나 봄 마중 간 날
따뜻한 양지에 아지랑이 너울거릴 때
미래의 꿈을 주고받았는데

지금 그곳엔 텅 빈 공터로
건들거리며 드나드는 바람에 시달린
잡초가 집을 지었다

추억은 언제나 내안에 피고지고
이별은 그리움인 것을 예전엔 몰랐다.

그때 그 시절

따뜻한 햇살 받으며
능금이 익어가는 그곳을
이제는 홀로 걸어갑니다.

건조실 굴뚝에 연기 오르는
내 젊음이 머물렀든 산골의 시간이
꾸물꾸물 용트림하며 솟구칩니다.

첫새벽 장 닭소리 새벽을 열어두며
아궁이 불 지피고 소죽 끓이던 그 집
이제는 추억 속에 잠듭니다.

40 년 지나 돌아본 그 시절
어머님이 논두렁 샛길로 바쁘게
걸어오시는 모습 가물거립니다.

옛 사람 다 떠난 그 집에 백발의
낯선 할머니가 마루 끝에
걸터앉아 새댁 어디서 왔소! 묻습니다.

추석 마중

아직은 푸름이 지천에 깔렸는데
자지러질 것 같은 매미의 울음소리
괜스레 다급해진다.

비탈진 언덕에 핀 살살이 꽃이
허우적거리며 구절초 곁을 맴도는
나비가 길을 잃고 헤맨다.

가을빛 젖어드는 논두렁에 놓인
막걸리 잔에 고추잠자리 기웃거리다
술에 취해 주저앉고 말았다.

곱게 단장한 색동 치마저고리
어여쁜 손주 마중 나온
할미의 굽어진 등에 햇살이 내려앉는다.

금강산

소리 없이 가을비 산하를 누비는데
베일에 가린 일만 이천 봉
구룡폭포의 물보라가 그린 무지개

민족의 한 (恨)을 산허리 휘감고
역사의 흐름 가슴에 안은 체
폭포는 슬픔을 토해내며 쏟아 낸다.

계곡마다 화음을 이루고
아름드리 뻗은 노송 가지에
청솔은 곡예사가 되었다.

망향 대 어깨 맞추듯 굽이치며
동해 바다 파도가 덮칠 것 같은 아찔함
세 주 봉 문 주 봉 수정 봉 바리 봉

희귀한 형태로 시선을 유혹하는
바위틈 사이마다 색동 옷 갈아입고
추파를 던지다.

삼일포 호수에
솟아오르는 잉어들도 자유가 그리워
몸부림치고 있다.

그리움

낙엽이 굴러가는 마당에
젊은 날의 추억이 나부낀다.

말라가는 넝쿨은 푸른빛이
역력한데 가을과 겨울은 이웃집
드나들듯 오간다.

꿈을 찾아 떠나버린 그들을
또다시 만날 수 있다면
더 멋진 청춘을 즐길 텐데

알토란같은 사연을 어찌 지울 수 있나
울타리마다 걸어놓은 추억
그리움을 바람에 띄운다.

빗자루에 끌려 돌돌거리는 낙엽
설익은 감 쪼아대는 새들도
추수를 마치고 머물 곳 찾아 떠나갔다.

58

그때는 그랬습니다

거침없이 달려오는 포말에 밀려온
빛바랜 사진 한 장 휘파람 불며
파도타기 한다.

소라껍데기 실에 꿰어 목에 걸어 주던
그 친구 지금 어디서 뭘 하는지
거울 속의 내 모습만큼 변했을까

여름 따라 나선 화려한 외출
썰물처럼 떠난 옛이야기 듣고 싶어
찾아온 이곳은 낯설기만 하다.

밀물과 썰물에 부대낀 해초들이
고아처럼 모래위에 앉아
소라껍데기에 칭얼거린다.

무성한 솔밭은 예전에도 없는 듯
손님을 부르는 펜션에 노을빛이 찾아들며
다정한 청춘들이 총총히 걸어간다.

반달 손톱

앞산 뒷산
봄은 능선 따라 몽글몽글
냇가에 옹기종기 모여 앉아

자갈돌 주워 집을 짓고
나는 엄마 너는 아빠
공깃돌 놀이하던 추억

봉숭아 꽃잎 따다 콩콩 찍어
손톱에 묶어 물들이던 날
별 헤아리다 잠들었다

복숭아 꽃을 모르는
이 시대의 젊은이들
돈 없으면 살 수 없는 슬픈 현실이다

할머니 손톱을 바라보며
두 눈을 껌벅이다 할미 무릎에
누워 꿈을 꾸고 있다,

숨은 그림자

날마다 창가에 서성거리는
실체도 없는 그대
가슴에 품어줄 수 없기에

하얀 서리 내린 그곳에
사랑이란 두 글자 쓰다 지우며
그 긴 밤을 지세우고 떠나셨나.

두고 간 정 돌아보며 더는
머물 수 없어 바람에 띄우는 한숨
달빛에 흩날린다.

덜커덩 바람 불면 창을 열어
가슴으로 품어 안고
보름달 떠오르면
숨은 그림자를 찾는다.

61

손녀의 첫 소풍

할머니 내일 유치원에서 소풍간대요.
김밥하고 과자랑 음료수
가지고 엄마 아빠랑 함께 가요.

소풍이 뭔지 모르는 아이는
동화책 속 그림을 펼치며
보고 또 본다.

엄마도 덩달아 들뜬 마음으로
생애 첫 소풍가는 딸을 위해
이것저것 챙기며 부지런을 떨었다.

내일이면 유치원 소풍
엄마 아빠 손잡고 간다는 기쁨에
동생을 어르다 잠이 들었다.

정성 드려 싼 점심 돗자리에 차려 놓고
온 가족이 둘러 앉아 먹는 그 맛은
사랑으로 채운 행복이었다.

후회

누군가 흘린 그 말이 바람에 나부끼며
의구심으로 듣고야 마는 습성은
인간의 특권인가

세상에 나도는 허위 사실
믿기지 않지만 믿어지는 사탄의 유혹
허위사실이 미세먼지처럼 나돈다.

듣지 말아야 하는 말 들었음에
두 귀를 닦아 내지만 머리에 박힌 불신
지워지지 않는다.

얼룩진 한 인생을 어떻게 치유할지
이제는 더 이상 감언이설에 놀아나지 말자
한 치의 앞도 모르는 게 인간인데

3부 어느 토요일 하루

덮어둔 책을 펼친다.
"산다는 것 그 멀고 긴 터널"
작가의 삶속에 내가 주인공이
되어 책속으로 들어간다.

비 내리는 그날

오랜만에 늦잠으로 뒹굴며
한나절 내내 공황상태로
잡다한 상념으로 게으름을 피운다.

겨우 일어나 창문을 여니
짙은 구름이 도사리며 금방이라도
쏟아놓을 것처럼 벼루고 있다.

가벼운 화장으로 우산 하나 들고
골목을 벗어나 무작정 걷다가
목적 없이 탄 버스는 시내를 벗어났다.

얼룩진 창을 손으로 문지르고 닦으며
외딴 산골에 묻어둔 그 옛날의
내 청춘을 끄집어낸다.

사랑은 꿈이 아닌 현실 이란 걸
왜 그때는 몰랐을까
돌아오는 길이 더 멀기만 했다.

어느 토요일 하루

우르르 쾅 천둥번개가
놀고 간 자리는 산발한 여인의
긴 머리카락처럼 어지럽다

창가에 서서
차 한 잔의 여유를 가질 수 있다는
이 행복함도 잠시

하는 일 없이 서두르는 시계 바라보며
로또라도 한 장 사야지 만일 내가
당첨되면 뭐하지 아 ……. 뭐하나

잠시 철없는 망상에
어리석음인 것을 알았다.
모처럼 가진 소중한 시간을 위해

덮어둔 책을 펼친다.
"산다는 것 그 멀고 긴 터널"
작가의 삶속에 내가 주인공이
되어 책속으로 들어간다.

담배씨 모종

정월 보름 지나며
아랫목 묻어둔 담배씨
비닐하우스로 이사를 한다.

꽃샘바람 마른 잎 뒤적거리며
자박거리는 논바닥에
푸르게 돋아난 미나리 캐어
밥상에 올린 그 시절

비닐하우스에 모종한 담배씨
보일 듯 말 듯
연녹색 옷을 갈아입었다

열 달 내내 온 정성 다 쏟아
수매한 목돈은
빚 갚는다는 어머니의 그 말씀
머리에 이고 살았다 .

길지 않은 세월인데
건조실 굴뚝에 연기는 피어
오르지 않았다.

커피 한 잔

열어둔 창문열고 몰래 들어온 바람
따뜻한 아랫목에 앉아 차 한 잔은
모처럼 편안한 여유다

방안을 채우는 향을 코끝에 걸어두고
조금 조금 입술을 적시는 달달함은
무료한 시간을 채워준다.

이래도 한세상 저래도 한세상인데
등 떠밀리듯 허겁지겁 살아야 했는지
어머니의 애창곡이 생각난다.

외로운 날 너는 분명 친구였고
때로는 막혔든 일 실타래 풀어주는
선생이었다.

쓸쓸함도 괴로움도 다 품어
안아주는 네가 있기에
오늘이 행복이고 또 내일을 기다린다.

추야월 (秋夜月)

오색등이 켜진 광안대교
달빛은 파도를 잠재우고
셀 수 없는 별은 바다를 수놓는다.

가을 떠난 자리에 낙엽은
삭을락 슥 삭 신음을 토하는데
청춘들은 사랑을 품는다.

앙상한 바람은 옷깃을 여미고
가을을 남기고간 노래가
연인의 발길을 보낼 줄 모른다.

풀벌레 찌르르 영혼을 깨우며
잔잔한 바다에 띄운 그들의 언약서
수평선을 찾아 둥둥 떠간다.

겨울 보내는 봄비

비 내리는 강변에 잠자든 봄이
기지개켜며 성급한 청둥오리
묘기를 부리듯 물놀이한다.

삭풍에 한파까지 그 고통 잊고
돛단배 띄우듯 유유히
자맥질하며 낚아챈 물고기

촉촉한 땅이 들썩거리며
쑥부쟁이 돋아나 나팔 불며
봄을 알린다.

제 집 인 냥 떠날 줄 모르더니
야반도주하듯 떠나고 봄비는
꽃샘바람 들고 휠휠 뿌린다.

발 달린 말

낙엽이 휘날리는 대로에
삼삼오오 모여 수군수군
찬바람이 쌩하다

겨울 햇살 짧은데
가던 길 멈추고 주고받는 그것은
발신자 없는 노란 문구였다
의구심 품어 쏟아낸 빈 말
비닐봉지 나부끼듯 이리저리
쓰레기 쌓이듯 쌓였다

유언비어 (流言蜚語)라고
남에 말 담아두지 말자
잠자는 진실이 깨어나는 그날을
기다리며 귀를 막았다.

금정산 산행

가을빛 저물어 떨어진 낙엽위에
스산한 산바람 부채질하며 보슬비
자작자작 박자를 맞추며 걷는다.

만나는 즐거움은 질펀한 입담에
돈독한 정 나누며
앞서거니 뒤서거니 숨소리 바쁘다.

선후배의 오랜 추억을 술안주로
비닐포장 객주에서 넉넉지 못한
삶은 그래도 그 젊음이 그립다.

성공이란 타이틀을 들고 고향을 떠나
중년을 훌쩍 넘겼지만 아직도 빈부
차이를 넘나드는 그들과 나

내 삶이 버거워 이웃을 의식하지
않고 앞만 보고 걸어 왔는데
다들 비슷한 삶을 살고 있었다.

질척이며 따라붙는 비를 털어내며
다음을 기약하고 헤어진 아쉬움은
돌아보고 또 돌아보았다.

정월 초하루 차례 상

귀성길 줄지어 하품하니
진눈깨비 설치며
도로에 진을 친다.

레일에 올라선 그리움은
한달음에 달려
고향 역에 내려주었다.

담아둔 그리움을
손을 맞잡고 말없이
얼굴부터 더듬는 어머니

가난을 걷어내는 힘든 날
회상하며 그믐밤 익어만 가는데
윗목에 졸고 있는 엄마는
누울 줄 모른다.

정월 초하루
조촐한 차례 상 흠잡지 마시고
한잔 술에 서운함 내려놓고
자손만대 복주고 가소서.

옛 동료와 만남

창밖이 어수선하다
진눈깨비 오더니 웬 빗방울
살을 에는 냉기에 미운 놈 따라붙는다.

반가움 끌어안고 마주한 얼굴
순서 없이 안부 나누고
그동안의 삶을 늘어놓았다.

김이 오르는 아귀찜에 소주잔
나누며 주고받는 대화는
질펀한 농담에 웃음꽃 핀다.

그릇은 비었건만 ,
허전함은 웬 말인지
시간을 붙들어 놓는다는 걸 잊었다.

아쉬운 마음 情 하나씩 나누고
돌아오는 길은 움츠린 어깨를
활짝 펴고 또 다른 삶을 꿈꾸며 걸었다.

오일장 날

시월도 중순이라 추수 끝내고
종류마다 보따리 가득 채운 푸성귀
이고 지고 오일장 나서는 기쁨

한나절 다 팔아넘기니
지갑 속 지폐 열었다 닫았다
망설임은 가던 발길 돌려세운다.

어물전 둘러
딱 한 손만 하는 자맥질에
듬직한 간 고등어 한 손

여덟 식구 식탁
이만하면 진수성찬인데
귀갓길 달음박질치니
따라오는 그림자 덩달아 바쁘다.

온 식구들 활짝 핀 웃음에
단돈 오천 원이지만 밥 한 그릇 뚝딱
저녁상 물리치신 시어른 헛기침 낭랑하다.

손녀의 재롱

온다는 한 통의 소식에
손 때 묻은 세간들 닦고 또 닦으며
기다림은 문전에 걸어두고 마음은 바쁘다.

해만 지면 어둠이 꽉 찬 집안에
방마다 전등불이 환하게 웃으며
할머니 앞에 고사리 손으로 율동하며
재롱을 피운다.

꽃 중에 꽃이라고 밤새 물 주어
가꾼 화초가 이보다 더 예쁠까
자식 사랑은 어디 가고
손 주 사랑은 벅찬 행복이다.

다 큰 자식 손님이라 하더니
한바탕 웃고 간 자리에
외로움은 또다시 눌러앉는다.

잡초는 봄을 부르는데

쏟아지는 실직자의 방황은
어제 오늘이 아닌데
동지섣달 긴 밤은 춥고 배고프다

삼동 (三冬)을 보내고 이월 꽃바람
매화나무 가지마다
꽃망울 하얀 웃음소리 톡톡 피어날 때

이력서 한 장 접었다 폈다
돌아갈 집은 있어도
마음을 내려 둘 집이 없다

엄동설한 보다 더 무서운 불황의
끝은 어디인지 거리를 방황하는
그들에게 봄은 언제 쯤 올까

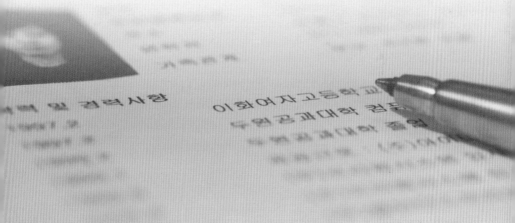

꿈의 궁전

하얗게 태워 버린 30 대 청춘
수학공식 같은 삶의 무게가 무언지
알 수 없었든 지난 날

쫀득쫀득 정 하나 붙들고
아궁이 속 연기는 눈물을
선물처럼 받았다.

시집살이 그 질퍽한 애환들이
무거운 갑옷을 입은 일병처럼
벗어나고 싶은 그 갈등

소설 같은 스토리를 벗어난 그날
설렘과 두려움은 무거운 죄의식
감내하며 고향을 떠났다.

산다는 것은 거기가 거기인데
헐벗고 굶주려도 사랑만이
전부인줄 알았다.

겨울밤 이야기

동짓달 긴 밤 아랫목 둘러 앉아
호롱 불 아래 이불속 발맞추고
동치미 국물에 팥죽 한 대접

골목을 누비며 찹쌀떡 메밀묵
구성진 소리에 십 원씩 모아
사먹든 그 맛은 아직도 생생하다

안방에 모여든 어른들 무 깎아
지난 시집살이 헌 담에 시간가는 줄
모르다 제집인 냥 함께 잠들은 밤

가지 않으며 세월이 아니듯
어느덧 이순을 지나고 보니
그 소박한 일상들이 그립고 그립다.

포장마차의 풍경

도시에 어둠이 젖어들며
빈 의자에 하루를 내려놓고
짜릿한 술맛에 고단함을 토한다.

주머니 속 하루 일당 정답이 없는
계산에 반병 비워진 술병을
바라보는 그들의 내일은

백열등에 맴도는 담배연기
주모의 하품은 시간을 재촉하고
대화는 푸념으로 얽히고설킨다.

젊은 날의 부푼 꿈 기억 속에 머무르고
가장이란 이름으로 주어진 무게 안고
외면할 수 없는 현실을 툭툭 털고 일어난다.

초겨울 손님

초대장도 보내지 않았는데
아직 가을 옷도 벗기 전에
살얼음 대동하고 문턱에 섰다.

밤새 얼마나 떨었는지
아침 햇살에 사지를 뻗더니
금세 잠들어버린 낙엽

가을 그 여운이 곳곳에 서성거리는데
북풍에 실려 온 하얀 서리가
마른 잎 겹겹이 집을 짓는다.

계절은 뜬금없이 제멋대로 오고가니
갑자기 들이닥친 낯 설은 손님처럼
이 떨떠름한 마음은 무언지 알 수 없다.

잡초

틈 사이 돋아난 여리고 여린 풀잎
엄동설한 모진고문 다 받아내
봄기운 마시다 낮잠에 취했다.

차가운 냉기에 떨어도
서로를 부둥켜안고 햇살이 피어나며
지난 고통 다 잊고 새 싹을 틔운다.

주어진 생명줄 헌신짝 버리듯 버린
인간의 욕망은 끝이 어디인지
기다림도 인내심도 없는 현실이지만

또다시 겨울이 와도 살아야 할 이유
소중한 생명이기에 저 여린 풀잎보다
더한 고통을 감내하며 봄을 기다린다.

세월

엄마 뒤만 따르던 너의
성장 과정을 보면서
서운함과 뿌듯함으로 채웠다

변성기를 맞아 턱수염이 날 때
무엇에 쫓기듯 어수선한 마음
입대를 준비하는 모습 보면서
표현할 수 없는 그 뿌듯함

장난감을 친구로 방 구석구석 헤집고
다니던 너였는데
우람한 청년으로 넓어진 가슴을 보며
왜소한 내 가슴을 한번 더듬었다

군 복무 마치고 제대하든 날
아빠보다 훌쩍 커버린 네가
품 안에 자식이 아닌 한 여인의 남자로
네 옆자리는 내 자리가 아님을

어엿한 한 가정의 가장으로
뽀송뽀송한 턱수염에 뽀뽀하든 손주들
그 행복을 지켜 주는 것이 어미마음
세월은 그냥 흘러간 것이 아니었다.

가을을 바라보며

소슬바람이 종아리에 스치며
어깨부터 움츠린다.

바람이 흩뿌리듯 나풀 거리더니
땡감이 조금조금 주홍빛으로
단물 절이는 오후의 풍경

저물어가는 서산에 노을빛은
나뭇잎 쓰다듬으며 단풍으로
물들인다.

들국화 구절초 향기에 취한
억새꽃이 춤추는 가을축제 날
밤하늘 별빛이 찬란하다.

오월은

해마다 이맘때며
고향을 그리는 향수병이
고질병처럼 도진다.

냇가에 피라미 헤엄치는 그곳
우물가 줄 장미 뒤뜰에 빨간 앵두
고향집 풍경이 아지랑이로 나부낀다.

누렇게 익어가는 보리밭을 지날 때
보리 뽑아 모닥불에 구워먹었다는
친구의 자랑도

어설픈 휘파람 소리로
산 너머 남촌을 부르며 피기 뽑아
잘근잘근 씹어 단물 먹던 그 추억

반백이 되어도 그리움이 머문 곳
골목길은 그대로인데
꼭꼭 닫힌 집에는 누가 살고 있을까

기다린 봄

햇살 내려앉은 양지에 알싸한 냉기
걷어내고 이따금 불어오는 춘풍을
한 아름 안고 단맛을 즐깁니다.

그 모진 추위도 때가 되면 가는데
바쁘다 서둘러가는 세월이 야속해
얼마나 더 살아야 하는지 두렵다

비둘기 한 쌍이 산책하는 한나절
야외 촬영 신혼 한 쌍이 봄꽃보다
아름다워 몰래 사진에 담았다.

머지않아 꽃비가 휘날릴 때
봄 빛 받으며 마음을 나눌 수 있는
친구 만나 봄 처녀 노래 부르자.

감

어둠을 주섬주섬 주워 걷어내며
첫 새벽 깨우는 여명 (黎明)이
돌고 돌아 부엉이 잠재운다.

목련이 지고 감잎 파릇하며
오월 훈풍에 감꽃은
잎 사이에서 배시시 웃는다.

이른 새벽 마당에 떨어진
감꽃을 소쿠리에 담아 줄줄 엮어
목에 걸어 하나하나 따먹던 그 단 맛

오뉴월 풋감 소금물에 삭힌 짭짤함
칠팔월 지나 주홍빛 덧 칠 하더니
처마 밑 줄줄이 엮은 곶감

세상이 무서워도 곶감보다 무서울까
전설로 내려온 이야기 속 주인공
그 시절엔 믿었을까

여름의 끝자락

칠팔월 몸살을 앓던 계곡도
휴식을 취하면 새들의
놀이터로 변했다.

뙤약볕에 누렇게 익어가는 알곡들
아직도 미련을 버리지 못하고
뜨거운 햇빛을 그리워 하늘만 바라본다.

텃밭에 호박넝쿨 칭칭 감은 나팔꽃이
마디마다 꽃을 피우며
고추밭 이랑에 풀꽃도 웃는다.

번지도 모르는 메뚜기 한 마리
고추밭에 맴돌며 사마귀 에게
체포되어 바동거리다 기절하는 애처로움

한층 더 올라간 하늘이
옥색치마를 휘두르며
하얀 구름이 수를 놓는 아름다운 계절

4부 살아있어 꿈을 꾼다

달도 별도 풀벌레도 모두 다
떠난 자리에 여명은
선잠을 깨우고 말았다.

초가을의 단상

첫새벽 활짝 열어둔 창문으로
시원한 바람이 다녀가며
여명 (黎明)이 세상을 향해 다가온다.

한낮의 더위가 서성거리는 9월 중순
일상을 벗어나 여름의 끝자락을
줍고 싶었다.

이리저리 얽히고설킨 바랭이 풀 속에
핀 개망초 꽃이 만발한 언덕아래
달맞이꽃은 밤을 기다린다.

주인 없는 나팔꽃은 햇볕이 싫어
어스름 첫 새벽에 희망을 울리며
나팔 부는 나팔꽃이 되었나.

설익은 알곡들이 줄지어 기다리는데
짙푸른 잎 사이사이 알밤은
갑옷을 벗고 또르르 구른다.

온천천에서 만난 봄

곳곳에 도사린 냉기는
떠 날줄 모르는데
그윽한 매화향기 담장을 넘었다.

보석처럼 빛나는 햇빛을
여유롭게 굴려가면서
봄맞이 나선다.

졸졸 흐르는 물소리에 청둥오리
사랑을 나누는데 피라미 여기저기
숨어 엿보다 달아난다.

너나없이 기다린 봄
미루었던 약속을 온천천에서
회포를 풀어놓았다.

흩어진 가족이 모여들 듯
새싹이 돋아나 초록 물결치며
풀꽃들에게 보낼 초대장을 만든다.

휴가 중 하루는

빵빵거리며 달리는 그들 속에
함께 있는 시간이 어설프고 낯설지만
굳이 외면할 이유가 없었다.

혼자라는 변명으로 자신을
가두어 두고 창문을 닫은 지 오랜 시간
새로운 벗은 우울증이란다.

오솔길 사이사이 바람이 손짓하며
귓속말로 조잘거린다.
함께 가자고 그들도 나의 친구였다.

풍경소리에 새소리가 장단을 맞추며
목탁소리 법당을 다스린다.
근엄한 부처님의 자세에 엎드린 중생들

알 수도 믿을 수도 없는 전생에 업
금강경을 독송하면 백팔 배 참회의 기도
흥건히 흘러내린 땀의 의미는

돌아오는 길 내내 생각한 전생
왜 어떤 죄로 저토록 육신의 고통으로
빌고 빌어야 하는지 풀리지 않는 숙제였다.

민방위 날

하늘빛 곱기만 한데
앵 ～앵 ～사이렌 소리 긴 여운에
도심은 침묵으로 정지되었다.

폭격이 떨어진 듯 엄습해오는
공포에도 구름은 끝없이 헤엄치고
바람은 숨어서 걸어간다.

술렁거리는 대로에 가로등이
최면술에 걸린 물고기처럼
두 눈을 껌벅이며 긴 호흡을 한다.

순간 페달을 밟고 번개처럼 달리는
바퀴에 깔린 비닐조각의 아우성은
길을 헤매고 우왕좌왕 방향을 잃어버렸다.

전쟁이란 아픔을 딛고 살아가는 우리는
과거를 지울 수 없는 휴전상태인데
나 하나쯤 하는 이기심을 버려야 통일이 온다.

봄은 희망이다

차가운 바람을 밀어내고
햇살이 창을 두드리며
여기저기 쌓아둔 겨울을 털어낸다.

마음에 문을 열고 맞이한 봄
영업이란 또 다른 삶을 구상하며
새로운 둥지를 마련하였다.

학습된 일을 떠나
주어진 현실은 높은 벽으로 쌓여
이 나이에 어떻게 헤쳐 나갈지 두렵지만

차별된 가치를 위해 배우고 익혀
모든 고객을 위해 다가갈 수 있는 자심감은
습득하며 배우고 익혀야 한다.

살아온 세월이 긴 만큼
살아갈 시간을 헤아리며 희망의 끈을
놓치지 않는 도전은 진실을 외면하지 않는다.

철없는 장마

삼복더위 지나 초가을의 햇볕은
설익은 대추에 단맛을 버무리며
대추밭 농사를 짓는다.

한나절 반짝 햇빛은 사라지고
자작거리며 오던 비는 먹구름에 밀려
마른하늘 날벼락이다 .

신작로 줄지어 핀 살살이 꽃
몰려오는 먹구름에 비틀거리는데
허수아비도 참새도 두려움에 떨고 있다 .

무엇을 두고 갔을까
가을이 오기 전 대청소라도
추석이 코앞인데 수년전 휩쓴 그 악몽

순식간에 쓸어버린 인가의 참사
제발 철없이 날뛰지 말고 나쁜 습성
개과천선하여 살 푼 살 푼 다녀가소.

출근길

골목을 지키던 가로등이
도시의 선잠을 깨우더니 어느새
깊은 잠을 잔다.

짧은 아침을 잡아두고 단장을 하는
일상이 수 십 년도 지났는데
아직도 새벽잠을 떨치지 못하고 있다 .

좁은 골목길을 벗어나 버스 정류장
첫차는 요란한 소음을
아스팔트에 뿌리며 달린다.

서서 졸고 있는 넥타이 신사
미니스커트 새내기들은 하다 만
화장을 마무리 한다.

퇴직 후 다시 잡은 직장은 영업계통
고객을 만나는 순간은 높은 산의
가파른 길을 올라가는 기분이다.

어떤 분을 고객으로 모실게 될지
두려움 반 설레 반 두서없는
생각을 털어내고 버스에서 내렸다.

길지 않은 청춘

아스팔트에 빗줄기 톡톡 튀며
서서히 식어가는 열기를
여름은 주섬주섬 챙겨 떠나려 한다.

젊음이 소중한줄 몰랐다
청춘은 영원한 줄 알았는데
누군가 노인의 좌석에 앉혀주었다.

손자들이 할머니 하고 불러도
내 젊음은 변하지 않는다는
착각 속에서 자신 만만 했다.

겨울이 가면 봄이 오는 것은 자연의
섭리라 단순하게 생각했는데
계절을 먹고 살아가는 인간임을 몰랐다.

길지 않은 인생에 청춘도 잠시라지만
새털같이 많은 세월인줄 알았다.

아, 유월이여

빛바랜 조화 꽃이 망자의 외로움을
달래주며 바람에 실려 온 소식을 들려준다.

해마다 천리 길 마다않고
찾아온 애틋한 마음과 정성을
제단에 올려놓고 술 한 잔 올린다.

생전에 다 하지 못한 효도를
자책하며 후회의 시간을 늘어놓고
아픈 기억의 파편을 줍는다.

외로움과 슬픔은 다시 끌어안고
후년을 기약하며 무거운 발걸음은
돌아보고 또 돌아본다.

다 떠난 빈자리에 유월 훈풍이 나부끼며
호국 원을 맴도는 해 그림자도 떠나고
펄럭이는 만국기가 영혼을 잠재운다.

초봄의 초상화

겨울잠 깨어나
찬란한 아침을 맞이한다.

우수경칩 묵묵히 스치듯 지나니
개구리 산책하는 연못가에
버들강아지 뽀송뽀송 솜털 옷 입었다.

자박거리는 습지에 돌미나리도
문전옥답 둘러보며 풍년을 꿈꾸는
농부의 입가에 미묘한 그 미소

한 점의 구름이 떠돌다 멈춘
야산에 참꽃이 손짓하며 꽃바람
사이사이 뻐꾸기도 사랑 찾는다.

계곡을 타고 흘러내린 맑은 개울에
하얀 종이배 띄우고 두 손 합장하며
소원을 빌고 빌었다.

한나절에 꾼 꿈

외출이란 알림판을 걸어두고
손에는 한 권의 책을 들고
올 수 없는 그를 기다린다.

분단장으로 설친 이유는
영원히 떠난 그가
내 안에 살아있음이다 .

텃밭에 나무 가지에 참새 한 마리
다랑이 치며 또 한 마리 밭고랑을
헤집고 벌레 한 마리 물고 휙 달아난다 .

텃밭은 그들의 밀회 장소다
어느새 그들과 함께 술래 잡다가
깜짝 놀라 잠에서 깨어났다 .

라일락 향기

잔디밭 노란 민들레
구름 한 자락 밀치고
기지개 켠다 .

가지마다 터지는 몽우리
밤새 산고의 진통 지나고
동살에 이슬 털더니

피어난 보랏빛 송이송이
그윽한 향
옷깃에 여민다.

화사한 벚꽃 아래 숨은 듯
겹겹이 둘러쓴 잎 사이에
숨어 엿보며
누굴 유혹 하려나

개나리 꽃피며

햇볕 모이는 양지에 앉아
봄빛을 만지다 지워지지 않는 아픔이
스멀거리며 시야에 멈춘다.

3 월의 끝자락
열 달을 채우지 못한 출산의 고통
해마다 새싹처럼 돋아난다.

전생에 어떤 인연이기에
열흘도 채우지 못하고 떠난 너
짧은 生 도 한 生 이라

점하나 찍고 천국으로 떠났나
해마다 지워지지 않는 기억
흑백사진처럼 잠자고 있다.

인큐베이터에서 눈감고 무슨 생각을
날 밤새도록 했기에 해 떨어진
그 어둠속으로 바쁘게 떠났니.

따뜻한 온기 (溫氣) 내 안에 있는데
얼룩진 아픔을 치유하려 해마다
개나리꽃으로 웃고 있구나.

봄바람에 꽃은 피고

아침 햇볕 곱게 내려오더니
텃밭 여기저기
냉이 꽃이 피었다.

악몽 같은 그 날을 묻어두고 싶어
남은 흔적 다 걷어내었는데
아직도 찌든 때처럼 남아있다.

유언처럼 남긴 한통의 편지 보고 또 보며
함께 살다 같은 날 죽자한 그 말
그것은 빈 말이었다.

이제 텃밭에 씨앗은
누가 뿌리나 심어둔 감나무에 감꽃은
해마다 피겠지 가을이 오며 거두어야
할 목록은 적어둔다.

진실과 오해

구름은 어디로 바쁘게 걸어가는지
그도 어떤 사연이 있기에
숨을 몰아쉬며 뛰어가듯 가나

서럽고 배고픔보다 더한
고래 힘줄 같은 악연은
전생의 業 이란 부처님의 말씀

실개천도 봄이오며 살얼음
녹아 흐르는데
세월에 순응하며 기다린다.

우르르 몰려간 구름 뒤에
해님이 밝게 웃으며
움츠린 가슴 쓰다듬는다.

한때는 믿고 의지한 인연인데
오해는 진실을 덮을 수 없음을
언젠가 뉘우치며 반성하겠지

해빙기 (解氷期)

한나절 지나도록 투덜거리는
초침을 못 본체 천장에 그린
그림을 지우고 또 그린다 .

휴식이란 이유를 걸어두고
밀폐된 공간에 가둔 채
풀리지 않는 매듭을 풀고 푼다.

주어진 삶이 버거워 목청 높여 소리치며
앞산에 꿩 한 마리 놀란 듯 퍼드덕
깃털 하나 떨 구 고 날아간다.

봄은 어느새 태동기가 시작되어
잔설 녹아 도랑물은 흘러가지만
청춘은 돌아오지 않는다.

장작불 피워 냉기 걷어내고
아랫목에 솜이불 덮으니
대궐 같은 집에 주인이 되었다.

도전은 희망이다

게으름을 피우고 싶을 때
곧잘 들먹이는 내일은
편히 쉬고 싶다 .

풀리지 않는 문제도 내일이며
해결될 것으로 믿는 착각을
반복하고 살아간다.

미루다 덮어버리는 그날이
수없이 많지만 그 또한
변명으로 지나친다.

짧은 하루를 유용하게 쓸 줄
아는 자는 희망을 꿈꾸며
실행하고 있다.

주어진 일보다
새로운 일에 도전을 할 때
희망을 꿈꾸며 살아간다.

퇴직자의 삶

눈발이 스치고 간 자리
빛바랜 건초더미 밀치고
새싹은 겨울잠에서 깨어났다.

아직 떠나지 못한 잔설이
곳곳에 죽은 듯 누웠다가
하늘의 열기에 사르르 녹아내린다.

한파의 추위보다 더한 고통은
실직자의 창살 없는 감옥살이
어제와 오늘이 그날이 그날이다.

어쩌다 울리는 전화소리는
무인도에 나룻배 한척 만나듯
이유 없이 반갑다.

새 일터 찾아 이력서 한 장
화려한 경력이 반짝이지만
두려움과 설렘을 안고 버스는 달린다.

고목나무도 새순이 돋아나는
이 시대에 그까짓 나이가 대수야
마음은 청춘이다.

동짓달 긴 밤

삭풍은 낙엽 떠나보내더니
사박사박 걸어
안방으로 스며든다.

차오르는 한기 걸치고
아궁이 장작불 피워두고
진종일 가둔 냉기
온기로 녹아내리는데

스멀스멀 기어오르는
어둠이 마당에 자리 펴며
혼자라는 쓸쓸함에
백열등을 켠다.

스산한 바람 나부끼는 낙엽소리
긴 밤을 보채며 지워지지 않는
精 하나 벽걸이로 걸었다.

포장마차에서 만난 그들

구겨진 마음 달래려 무작정 걷는데
저만치   쫓기는 낙엽을
햇살은 어루만지며 다독거린다.

시작과 끝이 없는 현실을 탓하며
치솟는 울분 담배 한 모금 뿜어
빈곤의 일상 어제오늘이랴

뜨끈한 어묵 국물에 심신을 내려놓고
한잔 술에 취기는 허기진 삶을
위로하며 얼굴에 화색이 돈다.

구부러진 손마디
새끼 꼬듯 꼬여
용기와 희망을 안겨준 소주 한 병

비틀거리며 걸어가는 뒷모습
낮달이 걸어와 발맞추며
청춘은 즐겁다 노래하는 인생

도시의 삶

음산한 초겨울의 그림자
회색빛 빌딩 숲에 꽈리를 틀며
우편함 꽂힌 고지서 주인을 기다린다.

잎 떨어진 나목에 걸어둔 달빛 아래
구석구석 모여 앉아 수군거리는
낙엽 덮은 노숙자의 하루

미래를 기약할 수 없는 현실 앞에
근로자의 외침을 걸어둔 현수막
희미한 가로등이 곁을 지킨다.

깊어가는 가을밤

풀벌레 합창하며 놀던 숲에
갈바람 살랑살랑 스며들며
앙상한 가지에 별이 내려앉는다.

낙엽이 쌓이는 시월
뭔가 두고 온 허전함에
뒤척이며 밤을 지새우다.

서랍장 사진첩 들추며 꿈 많든
중년의 시절 하나하나 넘기다
깊은 잠에 취한 빛바랜 단풍잎 하나

그도 나도 다 바래 진 모습
지워지지 않는 소중한 추억
덮었다 열었다 새벽을 맞이한다.

요양원을 다녀오다

세상의 흐름을 지켜보는 고목
계절의 변화무상을 몸으로 느끼며
세월이 덧없다 말할까

현관문 앞 빈 의자 주인은
찾아줄 누구 없는 외로운 인생
지난 세월 화려함도 허상일 뿐

날마다 줄타기하는 죽음과의 사투
끝내 그는 그리움을 안고
눈을 감으셨다.

찾는 이 없는 그의 병상
외로움과 고통을 끌어안고
팔뚝에 꽂힌 수액마저 거부한 오후

그는 죽음을 기다렸겠지
다음 생을 위하여
무연고자라는 이름표 달고 떠나셨다.

살아있어 꿈을 꾼다

시월 열나흘 달빛 아래 차려둔
晩餐 (만찬)에 소슬바람은
숨어있는 귀뚜라미 불러낸다.

찰랑거리는 술잔 나누며
하얗게 밤을 태우는데
풀벌레 뒤척이며 떠날 줄 모른다.

밤새 나눈 속내는
살아온 애환 듣고 보면
그 말이 내 말인데

이순 (耳順)인들 어떠냐.
인생은 도전인 것을 참는 것이
미덕이지만 후회 없는 인생 있더냐.

달도 별도 풀벌레도 모두 다
떠난 자리에 여명은
선잠을 깨우고 말았다.

비우는 시간

커피 한잔마시며 설익은 지난 시간
지우고 또 지운다.

잊으려야 잊을 수 없는 인연
지우려야 지울 수 없는 삶의 애환

生 과 死 의 갈림은 神이 내린
가혹한 형벌이었다.

든 자리는 몰라도 빈자리는 안다고
소중함이 무언지 후회조차 죄스럽다.

소중한줄 모르고 부족함 투덜거린 죄
참회의 시간이 언제 쯤 끝날까.

현충일

조국의 부름에
걸머진 총
밀림의 지뢰가 생을 걷어가니

초토 (焦土)에 쓰러진 육신
조국의 품에
고이 잠드신 그대
비석으로 서 계신지도
어언 수십 년

미망인 (未亡人)이란 이름표
가슴에 달고
초연히 살아갑니다.

저 단상에
생전에 드리지 못한 꽃송이와
술 한 잔 받치오며
그립다는 말 메아리로 보냅니다.

오월 훈풍

혼탁한 도심을 벗어나
이정표 없는 농노 길 들어서며
훈풍은 꽃을 피웠다.

개울물 폴짝폴짝 돌다리 뛰어넘는
언덕에 아카시아 꽃향기 나비처럼
여기저기 내려앉는다.

민들레 홀씨 하늘을 날아
물소리 새소리 들리는 길목에
이삿짐 풀며 풀꽃들은 축제를 열었다.

오월 보릿고개 그 모진 삶을 이겨낸
조상의 그 질퍽한 삶 풀씨처럼 흩날리고
곳곳에 휘날리는 축제의 현수막

며느리의 효심

떠올리지도 않았는데
스치듯 머무르는 그 시간
후회란 말로 변명한다.

단 한 번도 행하지 않은 내가
효도 받고 있음이 부끄럽고
낯설기만 하다.

넉넉지 못한 살림살이에
시모의 밥상을 걱정하는 그
고충 어찌 모르겠나.

너희에게 보여주지 않은 효심
어디서 배웠는지
아마도 타고난 성품 같다.

집안 구석구석 살피고 다독거리며
밑반찬 가득 채워주는 정성
차려진 밥상은 사랑으로 먹는다.

5부 봄이 오는 길목

베일을 벗는 봄 처녀의 수줍음
꽃잠에서 깨어난 새색시처럼
고운자태로 살며시 얼굴을 내민다

구름에 가려진 달처럼

앙상한 가지 붙들고
요란을 떠는 바람은
하얀 눈 불러 세상을 덮었다

이별은 계절처럼 왔다 가지만
내안에 머무르는 그리움 하나
아물지 않는 상처로 남았다

겨울밤 반짝이는 별빛 속을
시도 때도 없이 들락거리는 그는
손짓하며 또다시 숨어든다.

떠도는 고양이 신세

하지 (夏至)가 지났는데
모시적삼 걸친 여름사냥꾼
삼복더위 손부채로 바람을 모으며

한나절 피운 담배꽁초 수만큼
세상 근심 늘어놓고
그때 그 시절을 놓을 줄 모른다

어른을 공경하고 모시라 가르쳤는데
과학이 발달하고 문화가 융성한
이 시대는 자식사랑 병들어간다

애완견을 모시고 제 자식만 섬기니
눈치 밥 한술 뜨는 둥 마는 둥
집 밖을 배회하다 만난 동지들

매월 용돈 한 푼도 호사라
담배 한 개비 손 내미는 염치
저 승가서 갚으마

하나 낳아 잘 키운 덕분에 쌓아둔
재물은 거품처럼 사라지고
노령인구 많다고 여기저기 수군거린다.

기다림

도랑물 흐르는 언덕아래
한집 지나 또 한집 누구네 하면 다 아는
꼬부랑 할머니
날마다 빈 마당에 쌓인 고독
몽당 빗자루에 쓸어 담 는다 .

청춘을 이고 길마다 뿌린 삶의 흔적
새벽이슬 젖는 외침은 재첩 사소 재첩
부뚜막에 올려둔 밥그릇 수 채우려
허리한번 펴지 못했는데

성공하며 돌아온다는 자식들 생사마저
알 수 없지만 조석으로 빌고 비니
무자식 상팔자라지만 자식이 있어 기다림도
그리움도 있어 자식은 기둥이고 담이다.

크리스마스이브

아주 작은 꽃마을 모퉁이 돌아
마을보다 더 낮은 교회 십자가는
바람에 시들고 있었다

하나님의 문패를 걸고
예배당엔 목사님 홀로 사실까
지붕 끝에 빤짝이 반짝반짝
외줄 트리가 촛불처럼 흔들렸다

하나님은 오실까 언제
아마도 자정에는 오시겠지
종은 누가 울려줄까
지나는 바람이 새벽종을 울리겠지

들리지 않는 그의 기도소리에
닫힌 창문이 문득 열리고
바람에 실려오는
그분의 기도소리 빈자리 채운다.

그곳의 비탈진 길은 절벽처럼
가파르고 짐작할 수 없는 좁은 길
조심조심 더듬으면 차를 몰았다.

영동 나들이

직장인들의 토요일은 영양분 같은 하루
일주일 내내 들뜬 기분으로 새벽을
맞이하고 늦잠을 물리쳤다

그녀와 떠나는 여행은 설렘과 편안함
주제 없는 대화도 가슴에 채워지는
그런 만남이며 우정이다.

짙푸른 여름이 떠난 지 어느새 한 달
아직은 머뭇거리는 늦더위
초가을은 사푼사푼 맴돌고 있다

위 지방이 가까울수록 짙어지는 가을빛
들국화와 구절초가 손을 흔들고
바람에 흩날리는 풀씨는 어디갈까

영국사 일주문에 삼배하고 천년을 지킨
은행나무에 소원을 걸어두고 짧은 해 걸음
따라 아쉬움을 내려놓았다

풍성한 사과밭에 단물이 입안에 고여
살짝 허기를 느끼며 침을 삼키고
돌아오는 길 내내 미련을 버리지 못했다.

사경 (寫經)

창가에 어둠이 스며들며
걸어둔 소원들이
측은지심으로 바라본다

시간은 걷잡을 수 없이 다그치고
천근같은 몸은
움직일 수 없이 나른하다

어제 오늘이 다르다는 그 말
깊게 페인 상처에
습관처럼 바르는 연고처럼

초심자로서 게으름을 물리치고
한권 또 한권 쓰다보면
지성이며 감천이라

십년이며 기도문이 열릴까
때때로 부질없는 망상을
떨치고 또 떨친다.

124

유월의 숲 길

솔솔바람 불어대는 오솔 길 따라
유월이 깊어간다

저 멀리 황금빛 보리는
막걸리 한 사발 들이키는
농부의 행복

송홧가루 휘날리는 솔밭사이로
지지배배 이름 모을 새들은
짝지어 날아간다

해마다 변하지 않는 숲인데
함께 걸어온 이 길이 오늘은
돌부리도 낯설기만 하다

한낮의 나른함에 풀잎도
낮잠을 자는데 개미들은 먹이를
찾아 줄지어 걸어간다

화엄사 불경소리 잠자는
숲을 깨우며 바람은 다시
술렁거리며 나부낀다.

하늘땅만큼

까르르 웃음소리
온 집안을 들썩이며
할미는 술래
이곳저곳 그림자 찾는다

앞뜰에 핀 키 작은 꽃
고사리 손으로 가리키며
할머니 이거 뭐야 채송화 꽃이란다

또 이거 뭐야 묻고 또 묻는
저 앵두 같은 작은 입
그건 봉숭아꽃

새근새근 잠자는 손자들 손톱에
봉숭아 꽃물로 반달을 그렸다

손자 놈 볼에 뽀뽀 쪽쪽
너희가 있기에 내 은빛 인생은 행복하다.

해바라기 미소

햇볕 내리쬐는 담장 넘어
노란 얼굴
검붉은 접시 꽃 사이
고개 쑥 내밀었다

푹 수그린 꽃송이
해님이 다가 오면
수줍게 웃는다

육십 인생 웃을 일 없는 일상
어쩌다 만난 손자들이
웃음을 주는 유일한 행복이다

총칼 들고 전쟁놀이 하는
형제사이 공주는
인형놀이와 미장원 놀이하더니

이제 잔 손 갈일 없는 초등학생
할머니 안녕하세요. 안녕히 가세요
인사가 처음이고 끝이지만

나는 해바라기 되어
언제나 해님을 봐라보는 시계처럼
눈을 뜨고 감아도 그들은 내 인생

사월은 아름다워

산들바람 숲 속을 헤집으며
진달래 꽃망울 웃음으로
바람을 맞이한다

엄동설한 모진 고통 다 받아내더니
돌 틈새 노란 민들레도
좁쌀처럼 하얀 이름 없는 풀꽃도 피었다

발길에 밟혀도 죽은 듯 고개 숙여
낮추고 낮추더니
봄볕이 보낸 초대장 받았구나

벗꽃 만발한 도심에 화려한 이벤트
축제의 폭죽이 터지는 강변에
꽃비가 춤을 춘다

목련도 시나브로 떠나버린
사월의 꽃밭에 명자 꽃은
천하일색 양귀비보다 아름답다.

살아가며 찾는 꿈

어둠 내려앉은 빌딩숲
산 넘어 산처럼 높낮음이
기암절벽이 멀지도 않다

자정이 지난 야심한 이 시간
오로라의 신비를 기다리며
깜박이는 내 눈은 별이 되었다

지나친 영양분을 먹고 자란 나무는
무성한 잎에 쌓여 햇볕을 받지
못해 병들어간다

때로는 채찍이 약이 된다는 이치
우리는 알면서 머뭇거리는 시간
세상 탓 하며 무의 도식에 잃어버린 꿈

기다리지 않는 시간을 원망하며
손발 다 묶어놓고 횡재를 기다리는
무모한 일상에서 깨어난다면

내일은 오늘의 꿈 과 희망이며
건강한 육신에 건전한 정신은
성공한 인생이 아닌지 스스로 반성한다.

그립기만 합니다

언제나 솜이불처럼 포근하고 따뜻하신
그 모습을 닮지 못한 나는 어떤 말로
변명해야 할지 그저 부끄럽다

당신의 인생은 오로지 가족이며
밥상을 두고 둘러앉은 우리를 바라보는
그 잔잔한 미소는 행복 이었지요

자식 거두어 출가시키고 홀로 살아가신
엄마의 정신이 아름다웠지만
엄마는 그래야 하는 줄 알았어요

굽은 허리 펴가며 자식 안부 걱정되어
첫 새벽 첫차에 실은 마음의 번뇌는
시작과 끝이 없는 근심걱정 이제 알았습니다

멀지도 길지도 않은 엄마의 그 시간을
지금 내가 머물고 있지만
때늦은 후회 부대끼는 마음뿐입니다

늘 부족함만 투덜거리는 자식
그 서운함은 얼마나 외롭고 슬픈지 그때는
생각조차 못한 잘못임을 용서 바랍니다

큰 소리로 불러보고 싶은 사랑하는 엄마
다음 생에 다시 자식으로 태어나며
그 마음 헤아리며 따뜻한 딸로 갚을게요.

세월에 속고 사는 인생

탭 없는 시계 바라보며
어느 날 내가 지구를 떠난다며
세상은 어떤 이변이 일어날까

지천명 접어들어 얽히고설킨 잔주름
검버섯이 꽃무늬로 핀 이순에
검은 머리 새하얀 가발 하나 선물했다 .

뼈마디 마다 독침으로 쑤시는 고통
빚 받으러 온 것처럼 목숨 줄 노리며
곳곳에 진을 친다 .

젊어 고생 늙어 호강이라
옛말하면 산다는 조상들의 가르침은
시대를 초월했다 .

하루 일당을 조상 섬기듯
보고 또 보며 속주머니 감추는 인생
캥거루족이란 문패가 그를 반긴다.

새로운 일자리

십년이면 강산도 변한다는
길고 짧은 세월을 천직으로 알고
살아온 지난날이 더 없이 행복했다

퇴직이란 그 말을 받아들이기엔
내 안에 열정은 살아 숨쉬고
매일 반복하는 일상이 그립기만 한 날

한 통의 전화가 또 다른 삶을 걸어야 하는
설렘과 두려움은 밤잠을 설치고
용기와 의구심으로 출근길에 나섰다

부동산이란 단 한 번도 상상 못한 영업
늦은 이 나이에 걸맞지 않은 옷을 입은 것처럼
부자연스럽고 부담이었다

기획부동산 시시때때로 지상에 떠드는 사기꾼
변명하고 두둔 할 이유가 없는 현실이지만
일부 몰지각한 사람의 감언이설이 낳은 후유증

믿음과 신뢰로 고객의 재산을 지켜야 하는
영업의 원칙이라 생각하며 건강이 허락하는
한 이 영업을 떠나지 않는 지킴이가 희망이다.

봄이 오는 길목

두 팔 뻗치며 큰 소리 외친
봄의 전령사가 초록 깃발을 들고
능선에 섰다 .

베일을 벗는 봄 처녀의 수줍음
꽃잠에서 깨어난 새 색시처럼
고운자태로 살며시 얼굴을 내민다

이제 따뜻한 햇살이 내려앉으며
매화 향기 마실 나오겠지
그를 맞이할 집 단장을 해야겠다

긴 겨울 칭칭 감긴 탯줄 끊고
곳곳에 새 생명들의 함성은
산 능성에 메아리친다

우수지나 선잠에 깨어나
움츠리며 경칩이 지나기를
뒤척이는 개구리의 숨소리 듣는다

가뭄에 물기조차 말라버린
개울가에 야윈 버들강아지가
하얀 수염을 곤두세우고 잠을 잔다.

해설

박차숙 시인의
밭에 앉다

가을을 향하여
봄이 완성한 詩 (삶)

이화엽ㅣ월간 곰단지야 발행인. 문학평론가

시인과의 인연은 어느 잦은 골목을 돌아오다가 휘청 무릎을 조금 구부렸을 때 햇빛 조각조각 퍼즐을 떼어 내 몸에 맞추듯 불안한 마음의 벼랑을 달래주고 잡아 주던 기억의 붙들림이다. 어느 것 하나의 사소한 절망부터 터널 고개의 어둠길까지 찾아들어 혹은 등불처럼 문지기의 날개로 깃들기도 하였다. 그 뒤로 아침과 저녁의 모양새가 그날이 그날인 것 같을 때 누가 먼저랄 것 없이 시나브로 오며가며 옷깃을 툭툭 치는 일상을 반복하 며 지냈다. 편의점 계산대에서 딸그락 동전을 내려놓고 봉지우유를 뜯으며 때로는 그 어귀로 가면 삼천 원짜리 손칼국수집 단골을 만들어 면발을 후루룩 맛있게 삼키곤 하였다. 국수를 먹고 나면 이따금 시인은 애지중지 자신의 아가처럼 품고 다녔을 시어나 단정하니 키워둔 시조 몇 절을 그 집의 탁자 위에 읊어두곤 하였다. 그때마다 엿듣던 시인의 시절을 우연찮게 가슴에서 외우고 있었나 보다.

오늘까지 나는 이렇게 저렇게 구구절절 살아서 삶을 변명하고 시인의 옷깃에 다시 한 번 응석하고 동요를 일으키려 했던 것은 그의 시어들이 아직도 무모한 양심을 수시로 후벼왔던 모양이었다. 그러나 다른 이유보다 그녀의 식탁에 마주 앉은 이유는 화려한 도시가 불편했다면 그 모퉁이에서 잦은 내리쬠으로 평화스럽기만 하던 햇살바람이 목말랐고 무성하게 아지랑이 덮인 논밭 길을 걸을 때 그곳에서 꼼지락거리는 풀잎 자국들에게 들려주던 그녀의 관념하지 않는 시어들이 그리웠다고 해두자. 그들도 나도 잔잔한 시가 들려 올 때 때로는 시간이 안심되고 인연에 연연하지 않았으리.

다시 그녀의 골목에선 수다스럽지 않게 시가 불기 시작했다. 청춘의 시보다 사람의 언연한 시보다 그동안 시인은 주변의 작고 볼품없을지라도 온몸에 푸른 생각만을 담고 자라는 풀꽃들의 이삭 한 섬과 계절 살이로 속닥속닥 사랑하며 보살피는 마음은 극진한 것이었다. 시가 톡톡 떼구루루 굴러 발아래 식탁 모서리로 떨어지더니 집안에 있지 않고 문밖으로 나가 여기저기 그녀의 계절을 퍼트리는가 보다. 한동안 시인의 언어는 바람의 굴절처럼 잔뜩 구부렸다 활짝 기지개를 피고 싶어 하는 몸짓으로 우리의 관계를 뭉뚱그려 부드러운 우유처럼 흘러 다녔다.

마른 가지 봄이 오면 새순 돋아 / 가지 뻗어 열매 거두듯 / 청춘보다 더 값진 새 생명 위해 / 바르게 살자 덕을 쌓자 수없이 / 쇠뇌 하지만 채워지는 것은 / 욕심과 욕망 / 비우고 비우라 부처님의 가르침 / 실천하며 사랑이란 자양분(滋養分)으로 거두자
[마른나무 새순처럼 - 부분]

그러니까 시인의 태동은 몸의 겨드랑이에서부터 씨앗이 피어 편의점 문밖으로 휘어진 골목 어귀를 나와 흩뿌려지는 잔잔한 삶의 호흡이 아니었을까 한다. 어쩌면 그리워했던 것은 그 길을 조금 더 멀리 걸어가 하염없이 더 멀리 고향이고 그 집의 들판이었을 것이다. 가서 살뜰하니 손질한 시구들을 끌고 가 돌이켜 유년의 자신으로 존재해 내고 싶었을지 모를 일이다.

박차숙 시인의 시는 기억의 관찰로부터 비롯된다. 그곳의 평지엔 출근과 퇴근 길의 시간을 두루 그려낸 문명과 도시의 이합집산이 아니다. 처음과 끝이라는 줄긋기의 개념을 두고 노끈처럼 줄줄 끌고 다니는 노역은 더더구나 아니다. 기억이란 지평을 찾아가면 유년이 고정되고 그곳에 널어둔 그녀의 사물과 풍경이 풀밭처럼 웅성대기 시작한다.

시란 이처럼 기억을 어디쯤 떠나보내 내가 살았던 그곳의 시간에 마음 멈춤을 하는 일이다. 산만하게 흩어져 갔는지 모를 일이지만 추억이라는 소프트가 기억의 하드웨어를 빌어 집요하게 과거를 형이상학 하도록 이른다. 이로부터 시는 발굴되며 발달하는 역사를 지니게 되는 것이다. 그곳에서 열심히 성장하고 꿈이 비롯되던 나날, 그래서 그것을 꺼냈을 때 상하지 않고 때로는 상처의 유형으로부터 고단하고 눈물이 고였을지언정 퇴색하지 않아서 지금의 생산된

언어보다 훨씬 사상과 유래가 풍부해지는 법이다.

오백년 전설의 당사나무 허리에 / 새끼줄 엮어 지성으로 빌고 빈 / 소원만이 바람에 나부끼고 있다. 옛 기억들 머문 그곳에 / 찾지 못한 보물을 찾듯 / 돌아보고 또 보며 골목골목을 누빈다

[봄 따라 간 고향 부분]

시 전체를 눈여겨보면서 그녀의 지평에 뿌려둔 숱한 시의 이삭들을 먼저 발견한다. 청정한 잎사귀들이 참 푸르기도 하더니 때로는 추워서 파리하게 가냘픈 듯 파르르 떨어도 이를 그대로 두고 보지 않는 시의 애틋한 서정을 발견한다. 모든 생태계는 씨앗 뿌린 내 땅에서 모름지기 생각과 풍경의 몸 비듬으로 삶을 구축해내기다. 때로는 그곳을 지나는 거센 바람이 눈보라가 가슴을 헤집을지라도 다음 날 햇살과 단비가 찾아올 것이라는 예감을 시의 뿌리는 암시하고 있다. 시인의 혜안이고 보살핌이란 단지 이를 너그럽게 바라보는 믿음과 인정이다.

산 모서리 앉은 / 억새꽃 고독에 신음할 때 / 까치밥 하나둘 새들이 쪼아 먹는다 추적추적 내리는 보슬비에 / 새파란 보리 순 / 하늘거리며 춤을 춘다.

-늦가을 비 내리는 보리밭 [전문]

어디 철들고 성숙한 것이 사람의 심성뿐이랴. 한 곳에서 묵묵히 뿌리내리는 일이 누군가는 일컬어 무지하고 융통성 없다 할지라도 변함없이 이를 손질하여 생성시키는 일. 비단 저를 변화하는 일이 이곳을 떠나서 외부의 낯선 손길 닿음으로 큰 세상을 섭렵하는 비약은 할 줄 모르지만 푸른 씨앗의 오롯이 성장과 기도를 시인은 생의 섭리로서 발견해내고 있다. 단지 시인의 들판엔 푸른 씨앗만 살았을까, 자랐을까 그렇지 않다. 그를 동경하는 온갖 다양한 생명체들이 드나들며 서로를 참견하고 바람과 햇살을 충분히 실어다 날면서 시인의 문장과 문장의 관계는 적절히 책임과 자유의지를 포함하고 있음을 알 수 있다.

내재한 문장의 이끌림은 충동하며 함께 살고 저 하는 욕구를 충분히 내포하고 있다. 혹한에도 불구하고 그토록 집요하게 뿌리를 내리고자 했던 이유는 생물학적이거나 혹은 시간적 공간에서 필연적 관계를 깊이 따라가기보다 동시대에서 서로 부유한다는 관점을 직시하여 의지는 더욱 고집스러우며 섭리를 실천으로 인정하고 있다. 시인의 배려는 과연 어디부터 비롯되었을까?

혹한에 뿌리내려 / 밟으면 밟을수록 강해지는 / 생명의 집착 / 명지바람 불어 잔설 걷어내며 / 까투리도 청개구리도 제 집처럼 / 숨어들겠지

[늦가을 비 내리는 보리밭] 부분

시가 궁극적으로 존재하는 이유가 있다. 곳곳에 애틋하거나 애잔한 모습이 미더워 이를 시로 노래하는 까닭이다. 모습이라 함은 모든 사랑의 상태와 성질에 대한 묘사가 간결하지만 적절하므로 끄덕이게 되는 이유다. 조건도 이유도 없이 짓는 표정과 존재할 듯 아닌 듯 우리 가슴엔 이미 슬픔도 이별도 머물지 않게 됐을 때 전율하는 순간이 사랑의 결정체로 영그는 것이다. 아지랑이처럼 너울너울 찾아와 미래의 청사진을 주고받았는데 어느 날 문득 생명으로 태어나 다시 그 생명을 섬기고 있더라는 그녀의 시선에 그만 탄성을 자아낸다. 이별과 그리움의 무한한 지새움으로 소망이 움트는 계절이 찾아온 것이리라.

그때 그랬지 조건도 이유도 없는 / 톡 하고 터질 것 같은 / 이별과 슬픔이 존재하지 않는 사랑 / 이불 속 온기처럼 다가온 당신 / 바라만 봐도 전율이 흐르는 짜릿함 / 그 촉감에 겨울밤 지새웠다 / 우수경칩 지나 봄 마중 간 날 / 따뜻한 양지에 아지랑이 너울거릴 때 / 미래의 꿈을 주고받았는데 / 지금 그곳엔 텅 빈 공터로 / 건들거리며 드나드는 바람에 시달린 / 잡초가 집을 지었다 / 추억은 언제나 내안에 피고지고 / 이별은 그리움인 것을 예전엔 몰랐다.

[그 아름다운 사랑 전문]

시를 읽어 내려가는 동안 저녁 무렵 시인의 실루엣이 어른댄다. 새와 먼 산이라는 율동이 머릿속을 맴돌았다. 실제로 시와 닮은 새가 수시로 산을 내려와 그늘을 걷고 마음의 정적을 깨기에 이르렀다. 십여 년 전 시인을 처음 골목 어귀에서 만났을 때 그녀의 몸은 가벼워 보였다. 시계방과 종이 인쇄소가 놓인 길목 사이엔 나무 두세 개 탁자 있던 카페가 있었다. 가끔 그녀는 그곳에 기대어 외딴섬으로 나를 기다려 주기도 하였는데 그날은 이 골목을 이젠 벗어나고 싶다는 소망을 내비쳤다. 비좁은 카페에서 그녀를 가까이 볼수록 점점 새와 흡사하였다는 생각을 이제 와서 털어놓는다.

당신이 새와 같아서 훌쩍 저 멀리 달아나 날아오를 것만 같다는 예감이 불길해서 섣부른 고백은 하지 않았노라고, 아직 나의 날개는 자라지 않았거나 또는 당신이 날아간 순간부터 간간이 찢긴 내 자신의 앙상한 뒷모습을 먼저 보았기 때문에 그녀의 어깨위에 손을 얹지는 못했노라고. 그리고 얼마쯤 우리는 따로 헤어져 지냈다.

시간이 산을 넘고 강의 굽이를 돌아 다시 우리 앞에 섰을 때 그녀는 어쩐일인지 날고 있지 않았다. 아니 어디쯤 날아갔다가 다시 이곳으로 돌아왔는지 모를 일이었다. 그녀가 갖고 있던 골목과 보리수 커피와 찢어진 날개를 어디에 감췄는지 당장은 눈에 띄지 않고 있었다. 다만 옷깃에서 날아오름의 비릿한, 여행의 냄새는 물씬했다. 시가 추구하는 바깥세상은 과연 어디였을까. 도시를 골목을 떠나 시인이 날아올라 내려앉았던 곳을 발견해 내는 것은 그녀가 불쑥 내민 시와 관계있었다.

날아오름의 상징은 머물던 자리에서 사부작사부작 떠난 만큼의 자리에서 또다른 사물의 성질과 서로 관여하기였음을 어렴풋이 시인의 작품을 손에 붙들고 나서야 짐작하게 되었다. 그녀의 날개는 의외로 느리게 걷는 늦은 걸음이었으며 넓지 않은 행동반경 안에서 시는 충분히 그들을 관조하면서 그들의 시간을 관여하기에 이르렀다. 시인이 맺은 흔적으로 또는 기억으로 맺어두기 위하여 서둘지 않는 까닭이다. 시인의 시는 그래서 애처로움과 연민으로 모든 관계가 긴밀했다.

벌거벗은 잡목아래 / 낙엽은 부둥켜안고 외로움을 달래며 / 바스락 바스락 신음을 토한다. / 배낭 속 김밥과 커피 내려놓고 / 씁쓸한 마음을 그들과 함께 주고받으며 / 따끈한 커피 한 잔 나눈다.

[가을이 떠난 자리]

역설과 반어를 생성하는 가을이 떠난 자리에서 시는 좀 더 힘을 주어 생명 하기에 이른다. 함께 그들과 둘러앉아 커피와 김밥을 나누는 동안 낙엽이 화려한 시절을 번역하고 얼음장같이 찬바람은 신음하는데 어서 새봄의 텃밭을 장만하자고 그들을 시인은 부추긴다. 가을이 떠난 자리에서 분명 이상의 계절을 쌓고 저 하는 심성이 표현된 시적 추구이다. 차곡차곡 쌓여오는 언어의 상징은 실제로 우리를 스쳐간 많은 꽃의 시절이며 슬픈 상처이기는 하지만 시인의 시 세계가 이렇듯 떠나가는 것에 대한 연민은 사뭇 깊기만 하다. 서로가 애달프지만 삶을 한층 고른 호흡으로 낙관하고 긍정하기에 시의 방향은 설정되어 있다. 그러므로 그들의 세상엔 바다의 지평보다 넓고 선명한 사유가 살아서 펄럭인다.

청마 유치환은 물질과 문명을 거슬러 모든 존재의 가치에 생명과 삶을 부여했다. 허무를 뚫고 나와 살아있는 것들에 대한 애잔함과 기본적인 순수를 바탕으로 시는 존재하므로 생명이 비롯되었다. 무엇보다 관념과 직관 속에서 감정이 비롯되어짐을 그의 시에서 알 수 있듯이 시인의 시가 관념하는 것은 모든 사물의 과거와 현재를 지나치지 않는 깊은 관조에 있다. 새가 날개가 있어 굳이 날아오른다는 고정된 착각에서 벗어나와 어디쯤 걷다가 주저앉아 사유하며 그들과의 사랑을 보편화한다. 타인을 사랑함으로써 시가 어우르는 관점은 함께 행복한 세상을 마련하는 일이다.

사랑하는 것은 / 사랑을 받느니보다 행복하나니라─중략─ / 세상의 고달픈 바람결에 시

달리고 나부끼어 / 더욱 더 의지 삼고 피어 헝클어진 인정의 꽃밭에서 / 너와 나의 애틋한 연분도 / 한 망울 연연한 진홍빛 양귀비인지도 모른다

[유치환의 행복 중에서]

짐짓 배려란 서로 의지하는 일이다. 유치환의 시에서 사랑하였으므로 행복하였네라 던 이유가 여기 비롯되어짐이라.

사부작사부작 산책길 따라 / 느린 걸음 다잡으며 / 만산홍엽 그 화려한 흔적을 찾는다. 벌거벗은 잡목아래 / 낙엽은 부둥켜안고 외로움을 달래며 / 바스락 바스락 신음을 토한다. / 배낭 속 김밥과 커피 내려놓고 / 씁쓸한 마음을 그들과 함께 주고받으며 / 따끈한 커피 한 잔 나눈다. / 인적이 떠난 자리에 바람이 제 집 / 드나들 듯 윙윙 얼음장을 치지만 / 부둥켜안은 낙엽은 깊은 잠에 들었다. / 겨울가고 새봄이 오면 / 어떤 인연으로 다시 만날까 / 키 작은 바위 아래 이름을 새겨둔다.

[가을이 떠난 자리] 전문

시인의 기다림은 시작일까 완성일까? 이 둘의 상징을 품고 기다린 봄을 감상해 본다. 분명 봄은 어떤 귀결이고 도착점이기도 하다. 계절이 그렇듯 스스로의 완성은 없으리라 본다. 시가 추구하는 것도 봄의 마당으로 가서 봄 이전의 세월을 유추해 보는 시간을 마련한다. 돌이켜보면 그 시절의 고단함이 속절없고 야속하니 저 빈 하늘만큼 공허하기 짝이 없다.

그 모진 추위도 때가 되면 가는데 / 바쁘다 서둘러가는 세월이 야속해 / 얼마나 더 살아야 하는지 두렵다

[기다린 봄 1연]

일상은 바쁜 가운데 시간은 서두름을 종용하고 현실의 안팎에서 종종거리게 하지만 아직은 분명치 않으나 명료한 사물과 가물가물 감성의 채색으로 떠도는 자연의 서정으로 이분법적 공간을 시는 간과하지 않고 마련해 두고 있다.

141

특히 삶이란 다분히 물질적이지 않은가, 현상만을 믿고 채위 하면서 우리는 부피와 실적만을 쌓아놓지는 않는가. 그것이 주는 후유증은 얼마나 몸과 마음에 담긴 영혼을 지치게 하고 스러지도록 아프게 하는가. 시인의 시가 갈망하는 것은 영혼의 영원과 그들의 넓은 지평이다. 자연의 언어와 비롯되고 생명이 건강하기를, 꾸준히 시인이 시를 쓰는 이유다. 그것들이 머무름으로 해서 시는 한층 비물질적이며 지향하는 꿈은 봄을 완성해 내는 일이다. 봄은 그러니까 분명 모든 계절이 생명하기 이전부터 봄으로 씨앗하기 이른다는, 모든 계절의 태동은 봄과 잇닿아 있음을 알 수 있다.

비유하자면 시인의 인연은 시작부터 봄이다. 그것은 봄꽃의 여린 순정과 순수가 비롯되어 대상의 몸에 인식하는 순간을 시는 유추하고 있다.

비둘기 한 쌍이 산책하는 한나절 / 야외 촬영 신혼 한 쌍이 봄꽃보다 / 아름다워 몰래 사진에 담았다. / 머지않아 꽃비가 휘날릴 때 / 봄 빛 받으며 마음을 나눌 수 있는 / 친구 만나 봄 처녀 노래 부르자.

[기다린 봄 – 좋에서]

밤새 나눈 속내는 / 살아온 애환 듣고 보면 / 그 말이 내 말인데 / 이순 (耳順)인들 어떠냐. / 인생은 도전인 것을 참는 것이 / 미덕이지만 후회 없는 인생 있더냐. / 달도 별도 풀벌레도 모두 다 / 떠난 자리에 여명은 / 선잠을 깨우고 말았다.

– 살아있어 꿈을 꾼다[부분]

시는 삶이다. 단언컨대 삶은 시다. 이들의 귀결이 꿈이라는 정서를 갖고 있음이 그렇다. 시인은 잠들고 일어나 저녁이 오기까지 모든 대상 하는 연민마다 마음을 건네주고 살뜰히 보살피는 서정 또는 그리움을 담기에 이른다. 그렇다고 시인은 선뜻 꿈의 발자국을 선명하게 도려내지 않는다. 밤벌레 우는 가을밤의 술잔에 떨어진 그리움을 축일 때 어느덧 자신의 이순을 절망하다 희망하는 찰나가 된다. 축복이다. 아니 기꺼이 축복한다. 새로운 생명이 태동하는 것을 목격한다.

이형기 시인의 낙화가 부분부분 떠올라 적어두려 한다.

비록 중간중간 훑어 썼지만 시인은 분명 '가을을 향하여 나의 청춘은 꽃답게 죽는다' 라고 하였다. 시의 중심을 필자는 꽃답게 죽고 죽는다 의 다음에 올 생략법으로 비롯해내고 싶다. 가을은 결코 스러지는 계절이 아니다. 꽃답게 죽었을 때 반드시 피어나는 생명의 열매를 간과해서는 안 될 일이다. 시인의 술잔에 빠진 애환을 건졌을 때 전혀 나약하지 않으며 어둠에 깃들지 않았다. 잠들지 않은 밤에 찾아온 여명에 시인의 꿈은 비추어져 한층 빛을 띠고 창문을 열 것이고 한껏 세상으로 발아할 조짐을 띄우고 있다.

이 땅의 모든 시인과 시인은 우연찮게 닮아있다. 서로의 닮은 모습으로 살아서 한통속일 수도 있겠다. 그래서 서로는 만나지 않아도 같은 마음으로 시를 쓰고 그리움을 품는 법이다. 시가 삶이고 삶이 시(詩)인 까닭이다.

다시 가을이 떠난 자리로 돌아와 오도카니 시인의 곁에 앉아본다. 보리밥과 청국장, 공원 잔디의 하염없이 뿌려진 유채꽃이 그녀의 옷깃에서 묻어난다. 나의 게으른 식탁과 무기력한 인연을 떨치고 시인을 찾아가면 이토록 싱그러운 꽃잎 시어들이 종일토록 공원의 하늘만큼 난무하리라. 하롱하롱 봄눈처럼 길가에 벤치에 억새가 엉킨 밭에 맺혀 스밀 때 가을이 떠난 자리엔 그녀의 시가 찾아와 봄을 읊기 시작한다.

이순 (耳順)인들 어떠냐. / 인생은 도전인 것을 참는 것이 / 미덕이지만 후회 없는 인생 있더냐. / 달도 별도 풀벌레도 모두 다 / 떠난 자리에 여명은 / 선잠을 깨우고 말았다.

시인의 시 [살아있어 꿈을 꾼다] 음미하며 끝으로 시인의 지평을 떠나올까 한다.

가을이 머문자리

발행일 2018년 5월 01일
지은이 | 박차숙
펴낸곳 | 도서출판 곰단지
주소 | 부산 부산진구 신천대로 65번길 28 2층
전화 | 051)634-1622   팩스 | 070)7610-7107
기획 · 편집 | 이화엽
디자인 | 이성민 · 이수미
사진 | 이성민 · pixabay
정가 | 12,000원
ISBN | 979-11-962180-5-8
국민은행 : 104302-04-305906 박차숙